花嫁男子～はじめての子育て～

金坂理衣子

幻冬舎ルチル文庫

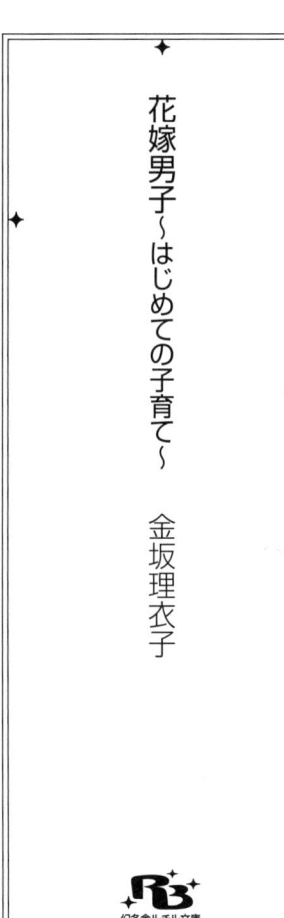

CONTENTS ✦目次✦

花嫁男子～はじめての子育て～

✦イラスト・陵クミコ

花嫁男子～はじめての子育て～……3

花婿男子～はじめての嫁取り～……279

あとがき……286

✦カバーデザイン＝久保宏夏（omochi design）

✦ブックデザイン＝まるか工房

花嫁男子～はじめての子育て～

アーチ型の大きな窓から、天の祝福みたいなまばゆい日差しが差し込み、白で統一された室内全体が輝いているようだ。

光の中で純白のウェディングドレスに身を包み、隣に寄り添う白銀のモーニングコートを着た男性を見上げる。

女性ならば、人生最高の瞬間だろう。あくまでも、女性ならば――。

「はい、花嫁さん、花婿さんに見とれてないで、視線をこちらにお願いしまーす」

撮影中のカメラマンからの言葉に、夏野悠希《なつのゆうき》は顔を引きつらせた。

確かに隣に立つ『花婿』は、一八〇センチはあるだろう長身と、高い鼻梁《びりょう》に濃いめの眉の精悍《せいかん》な顔立ちで、見とれるほどに男らしい。

それに引き替え、小柄な上にプロにメイクを施されたとはいえ、男なのに『花嫁』に見えてしまっている自分が情けなくて、ため息が漏れる。

「悠希、ちゃんと笑え。――給料分はしっかり働いて貰《もら》うぞ」

「は、はい！」

花婿である御崎克彦《おざきかつひこ》から鋭い眼差《まなざ》しを向けられ、悠希はカメラを見据えて背筋を伸ばす。

教会風の室内は、あくまでも教会っぽいだけのスタジオセット。大きな窓から差し込むのは、陽光ならぬライトの光。

作り物の撮影スタジオの中、花嫁も花婿も、すべてが虚構だ。

「はい、花婿さん、花嫁さんを威嚇しなーい」

陽気なカメラマンに助けられ、どうにかにこやかな笑顔を作るが、心は晴れない。

でも、これも仕事。

「じゃ、今度は誓いのキスいってみましょうかー」

「ええっ！」

いくら仕事と割り切っても、男の人とキスなんて、絶対に嫌だ。そこまでしなくていいですよね、と祈る気持ちで花婿兼雇い主の克彦を見つめると、ふんっと鼻を鳴らされた。

「キス程度で涙目とは。おまえ、童貞か」

「なっ……そ、そうです！　ですから、キスなんて――」

この場を切り抜けられるなら、童貞ばれなんて安いもの。

素直に白状すると、意地悪く笑った克彦に振りだけでいいと言われ、見つめ合って軽く上を向くだけですんだ。

ひとまずほっとしつつも、克彦の失礼な言いぐさと尊大な態度に不安は膨らむ。

これから毎日、この人の花嫁を演じていかなければならないなんて。

ほんの数ヵ月前まで、ごく普通の大学生活を送っていたはずなのに、どうしてこんなことになってしまったのか。

作り笑顔の下で途方にくれながら、悠希はここに至る経緯を思い返した。

立春はもう二週間ほど前に過ぎたのに、春の気配などこれっぽっちも感じない。分厚い雲が垂れ込め、北風の舞う寒々とした駅前広場のベンチに、悠希は一人寂しく腰掛けていた。

別にこれから電車に乗りに行くわけでも、誰かを待っているわけでもない。ただ帰り道の途中で力尽きて、歩く気力すら失っていただけ。

「はぁ……」

立ち上がろうと腹に力を入れても、虚《むな》しいため息が漏れるばかり。

父親の会社が倒産して学費が払えなくなった悠希は、去年の十二月に大学を中退した。だが教師になる夢をあきらめきれず、自分で学費を工面して復学し、教員免許を取ろうとバイトを始めた。

せっかくだから、社会勉強もかねて教育に関わる仕事がしたいと学習教材の販売会社をバイト先に選んだが、これがとんでもないブラック企業だった。

スーパーや公園で、悠希達バイトは百均グッズ以下のおもちゃのおまけで子供達の興味を惹き、社員が親に強引に教材を売りつける。さらに手書きのポップを手に、書店に置いて貰えるよう飛び込みで営業に回る。過酷な販売ノルマを課せられ、達成できなければ休日返上。

こんなやり方、違法じゃないのかと思いながらも、上司に怒鳴られ先輩社員からは見捨てないでとすがられてがんばってきたけれど、やはりまともな会社ではなかったようだ。

今日出社してみると、倒産告知の張り紙一枚を残し、オフィスはもぬけの殻になっていた。

「まとめて振り込む」と言われていたバイト代も、当然振り込まれないだろう。

結局は、二ヵ月間ただ働きをさせられたのだ。

必死に働いて、残ったものは疲労感だけ。

もう部屋に籠《こ》もって泣きたい気分だったが、こんな落ち込んだ顔で帰れば家族が心配する。

なんでもない振りが、できるようになってから帰りたい。

もうすぐ昼だし、何か温かい物でも食べて帰ろうかと考えたけれど、そんな無駄遣いをする余裕はないと思い直す。

何の希望も見いだせず、冷たいベンチに座り込んでただ項垂《うなだ》れていた悠希だったが、不意に温かな日差しを感じて顔を上げた。

空を覆った雲の切れ間から、太陽の光が漏れている。

そのままぼんやり空を眺めていると、鈍色《にびいろ》の雲はゆったり流れて晴れ間が広がっていく。

暗い雲の向こうに、あんな鮮やかな青空と白い雲が隠れていたなんて。

思いがけない光景に、ふうっと深く息をついた。

「……きれいだな」

青空を見たのは久しぶりな気がした。

でもそれは、最近悪天候続きだったせいだけではなく、ずっと俯《うつむ》いて空を見上げることもない生活だったから。

つい先日、二十歳《はたち》の誕生日を迎えたばかりなのに、こんな覇気《はき》のない生き方でどうする！　どん底まで落ちれば、後は這《は》い上がるだけ。

そう自分を鼓舞し、悠希は次の仕事を探しに行くべく立ち上がった。

駅ビルの前を通り過ぎようとして、縦横二メートルほどの看板を、何人もの男女が足を止めて見入っているのに気が付いた。

何が書かれているのか興味を惹かれ、悠希も立ち止まって看板を見る。

「なに……これ？」

でかでかと赤字で書かれた見出しに、思わず呟《つぶや》いてしまう。

『花嫁を演じられる男性急募！　演劇経験者優遇。期間無期限。月給七十二万円から』

花嫁なのに男性？　期間不明？　月給が七十二万円以上？　たった一文に突っ込みどころが多すぎて、思わず何度も読み返す。

「男が花嫁って、ゲイバーの求人か？」

「広告に見せかけた、芝居かドラマの宣伝じゃない？」

前に立つ恋人同士らしき二人連れの会話に、どちらもありそうだと心の中で同意する。

何にせよ、自分にはまったく関係ない世界の話――以前の悠希なら、そう通り過ぎていた。

だが今は求職中の身。そんなに高給の仕事とはどんな内容なのか、興味をそそられてじっくり広告を読んでみることにした。

けれど、書かれていた情報は、ごくわずか。

「募集条件は、二十代前半の男性。身長一六五センチ以下、体重五十キロ未満……子供好きで、住み込みで働けること、か……」

悠希は二十歳で、身長は一六三センチ、体重は最近痩《や》せたので四七キロ程度。女装をしたことはないが、顎《あご》の細い小顔で目が大きいから化粧映えしそう、と女友達に言われたことがある。

教師を目指すほど子供好きで、高校時代は演劇部だった。大学一年の夏休みに、友人と海辺の旅館で働いたことがあるので、住み込みの仕事に抵抗もない。

この条件だけなら自分はクリアしているようだが、肝心の詳しい業務内容については書かれていなかった。

子供好きで住み込みとくれば『ベビーシッター』だろうが、それだけでこんなに高給とは考えづらい。だいたい子供の世話をするなら、『花嫁』ではなく『母親』を募集するはず。

なにより、男を花嫁に仕立てる必然性が見えない。

破格の高給と意味不明の条件に、なんとも言えない不信感を覚える。

しかし『小柄であること』という条件に、高額な給料以上に心を動かされた。

子供の頃から、悠希は自分の体格にコンプレックスを持っていた。

好き嫌いなく何でも食べたのに、縦にも横にもなかなか成長しない。最近ではついに、三つ年下の高校生の弟に身長を抜かれた。

本屋で高い棚の本に手が届かず、思い切り背伸びをしてがんばっていたら、近くにいた長身の男性がひょいと本を取ってくれて、ありがたくも情けない気持ちになったりした。

マイナスでしかないと思っていたこの体格を、生かせる仕事があるなんて。

面接会場は、地図を見るとこのすぐ近く。受付時間は今日の十三時まで。

あと三十分程しかないが、急げば間に合うかもしれない。

「駄目でもともと。行くだけ行ってみよう！」

仕事を失ったその日にこの広告を目にしたのは、運命の巡り合わせかもしれない。

ちょうどいいことに、駅前には証明写真ボックスがあった。近くのコンビニで履歴書を買って書き上げ、悠希は足早に面接会場へ向かった。


十三時ぎりぎりにたどり着いた面接会場は、雑居ビルの二階だった。

エレベーターホール脇の受付で履歴書を提出すると、待合室で順番を待つよう指示される。

待合室は二十畳ほどで、数十人の男性がパイプ椅子に座っていた。

無機質な白い壁とグレーの絨毯《じゅうたん》の殺風景な部屋で、悠希の目を惹いたのは、清楚な白いワンピース姿の女性――いや、この場にいる限りは男性なのだろう。

『花嫁を演じられる男性』という条件を見て女装して来たのか、元々そういう趣味なのか、ふんわりカールしたセミロングの髪に、つけまつげまでした完璧なメイクを施している。

本当に男性なんだろうかと思わずじっと見つめていると、いじっていた携帯電話から顔を上げた彼と目が合った。

向こうも、悠希を値踏みするみたいにじろじろ見て、勝ち誇ったように鼻で笑い、すぐに視線を逸《そ》らした。

一応は仕事をめぐるライバルのはずだが、悠希は相手にされていないようだ。

そうこうしている内に奥の扉が開き、落胆した様子の男性が出てきた。

その後ろからスーツ姿のスタッフらしき男性が顔を出し、名前を呼ばれた男性が奥の部屋へ入っていく。

もう面接は始まっているようだ。

あそこが面接室かと見ていると、ほんの数分でさっき入った男性が出てきた。女装が似合いそうな整った顔立ちの男性は、憮然《ぶぜん》とした表情で足早に待合室を通り過ぎていく。

改めて周りの応募者を見渡せば、ただ小柄なだけの男性もいたが、ボーイッシュな女性で通じるくらいきれいな顔立ちの人が多い。

だが、呼ばれて中に入っても、みんなほんの数分で出てくる。

あんなにきれいな人達が短時間で落とされるようでは、自分など瞬殺だろう。

我が身を振り返ると、今日は事務仕事のはずだったので、トレーナーにジーンズなんてラフな服装。他の人たちは、最近流行の細身のジャケットを着たりスーツ姿だったり、きちんとした格好をしている。

「……帰ろう」

今更だが、面接にふさわしい格好ではなかったと気付いた悠希は、自分が恥ずかしくなり、消え入りたい気持ちで肩を落として廊下へ出た。

「あっ、すみません！」

「いえ、こちらこそ」

項垂れたまま歩き出したせいで、廊下で電話をしていたらしい男性にぶつかってしまった。慌てて謝ると、しげしげと見つめられた。

男性は黒髪で眼鏡《めがね》が似合う、いかにもできるエリート風のスーツ姿。細身だが長身で、年齢も二十代後半くらい。

職探しに来た方ではなく、雇い主側の人間だろう。

応募者も募集者も美形揃《ぞろ》いとは、恐れ入る。貴重な経験ができてよかったな、とすでにすべてを過去の出来事に感じる。

「……失礼します」

「お待ちください。どちらへ？」

目の前の男性に、頭を下げて出口に向かおうとしたが、呼び止められて立ち止まった。

「どこって……あの」

「求人広告を見て、来てくださったんですよね？」

「そう……ですが……」

場違いな奴が紛れ込んでいる、と呆《あき》れているのだろうか。申し訳なさにまた俯いてしまうと、勢いよく扉を開けて出てきた人にぶつかられ、よろめいた。

「わっ！」

「んっだよ！　ったく、やってらんねぇよ！」

ドスの利いた声で悪態をつき、ヒールを鳴らしてどすどす大股《おおまた》で去って行くのは、さっき悠希が見とれた女装の彼だ。

あの様子では不採用だったのだろう。

女性と見紛うほど完璧な彼で駄目なら、自分なんて絶対に駄目だ。やっぱり恥をかく前に帰るのが正解だと痛感した。

「大丈夫でしたか？」

「あ！　すみません。ありがとうございます」

よろめいたところをさっきの男性に抱き留められていたと気付き、恥ずかしさと申し訳なさで、頭を下げたまま顔を上げられなくなる。

そのつむじに、妙に視線を感じておそるおそる顔を上げた。

「見た目に、声に、体格……それに性格も問題なさそうですね」

「え？」

「どうぞこちらへ」

やさしく、だが強引に腕を取られて否応なしに待合室へ連れ戻される。そこへちょうど面接室の扉が開き、また一人の男性が項垂れて出てきた。

悠希を連れてきた男性が、入り口のスタッフに何やら小声で指示をすると、頷《うなず》いて彼も出て行ってしまう。

いったい何がどうなっているのか。すぐにでも帰りたい悠希の意思とは裏腹に、連行されるように中へ歩を進めた。

部屋へ入ると、正面の長机を前に、足を組んで椅子にもたれかかったスーツ姿の男性の姿が目に飛び込んでくる。威圧感のある眼差しに射すくめられ、挨拶をすることも忘れて、悠希は棒立ちになった。

「次はそいつか」

「彼で最後です。——お名前は？」

「な、夏野悠希です。よろしくお願いします」

帰るつもりだったのに、面接は始まってしまったようだ。こうなっては仕方がないと腹をくくり、悠希は深々とお辞儀して面接官だろう男性に挨拶をした。

男性はまだ二十代半ばほどのようだが、成熟した雰囲気をまとっていて、一目で『偉い人』と分かる。

悠希が名乗ると、彼は紙の束をぺらぺらとめくった。ここへ来てすぐに提出した履歴書だろう。

「最後とはどういう意味だ、誠司《せいじ》。候補はまだ山ほど残っているだろう?」

眼差しだけでなく、声にも厚みがあって気圧《けお》される。

萎縮する悠希とは裏腹に、誠司と呼ばれた男性は尊大な男性にひるむでもなく、毅然《きぜん》とした態度で話を進める。

「声が低すぎるだの足がでかいだの、選《え》り好みもいい加減にしてください。もう時間がないんです。撮影スタジオから、これ以上の予定変更はできないと連絡がありました。飛行機の時間もありますし――」

「だからって、妥協していい問題じゃないのは分かっているだろ」

「克彦様が勝手にフライトの予定を早めたせいで時間がなくなったんですから、ある程度は妥協してください」

「大事な蒼介《そうすけ》を、一秒でも早く危険な場所から保護したいと思って何が悪い」

「その大事な人のお迎えに、支障が出てもいいんですか？」

『誠司』と『克彦様』と呼び合う二人は上司と部下らしいが、上司側の分が悪いようだ。

むすっと黙り込む克彦に、誠司はさらにたたみかける。

「この馬鹿げた計画自体を諦《あきら》めるか、彼に決めるか、どちらかにして貰います」

「そいつは……夏野、悠希……か」

自分を無視して繰り広げられる論戦を、ただ呆然《ぼうぜん》と見つめていた悠希だったが、不意に二人から視線をよこされ、急いで姿勢を正す。

「――何かしゃべってみろ」

「え？　あ……アメンボ赤いなあいうえお！」

「……なんだ、それは？」

演劇部時代を思いだして役者っぽくしようとすると、とっさに発声練習の言葉が口をついて出た。自分でも間が抜けていると思ったけれど、克彦は相当驚いたようだ。

「どうもお芝居のオーディションと誤解しているみたいですね」

もう駄目だと絶望感が胸に広がったが、あんな条件じゃ無理もないです、と誠司がとりなしてくれた。

「芝居か。まあ、似たようなものだが」

『誤解』ということは、芝居や舞台など芸能系のオーディションではないんだ、と少し安堵する。けれど、まるきり関係がないわけでもなさそうで、気が抜けない。

でもどんな仕事だろうと、とにかくやってみたい。

克彦に頭の先からつま先まで、じっくりと視線を向けられて恥ずかしかったけれど、ここで俯いてはいけない。

しっかり顔を上げて祈る気持ちで見つめたが、克彦はしかめっ面をしてふいと視線を逸らす。

やっぱり駄目かと落胆したが、誠司はにこやかな笑顔を向けてくれた。

「可愛らしい顔立ちですし、声もそんなに低くはない。髪も、それ、地毛ですよね？」

「はい、そうです」

少し明るめの茶色なので染めていると思われがちだが、元からこの色。以前はもう少し短くカットしていたが、今は後ろ髪は肩につくほど伸びている。

最後に理髪店に行ったのは、バイトに行きだす前だから、十二月の初め。そこから忙しくて行く暇もなく、今日まできてしまった。

虚しい事情で伸びた髪が、いい方向に作用したようで少し嬉《うれ》しくなる。

ずっと嫌なこと続きだと、わずかな幸運にもしがみつきたい。気に入って貰えるよう、悠希は積極的に自分をアピールすることにした。

「あのっ、女装の経験はありませんが、精一杯がんばります！」

「……その長さなら、カツラなしでショートヘアの女性で十分通じるな」

ぼそりと呟いた克彦は、改めて悠希と視線を合わせてきた。

「教育学部ということは、教師を目指してたんだな。大学を中退した理由は？」

履歴書を見ながら質問してくる克彦に、やっぱりその質問が来たかと身を硬くする。訊《き》かれることは覚悟していたので、思い出したくない出来事を省いて簡潔に答える。

「……学費が……払えなくなりまして」

「親がリストラにあったとか、その手の事情で、本人の資質の問題じゃないんだな？」

もちろんですと答えれば、それならいいだろう、と頷かれる。

「料理は得意か？」

「得意とは言えませんが、簡単なハンバーグやスパゲッティとか、子供が好きそうなものはよく作ってました」

両親は悠希が子供の頃から共働きで、母親が帰ってくるまで悠希と弟は夕飯にありつけなかった。仕事が忙しい時期などは随分と遅くまで待たされたが、父親を支えて一所懸命働いている母親に文句を言うことはできない。

悠希はそう納得していたので我慢できたが、弟はお腹《なか》が空いたと騒いで大変だった。

だから悠希は料理をするようになったので、弟が好きなメニューしか作ったことがない。

しかし克彦は、それで十分と満足げに頷いた。

「女性でも通じる名前なのもいいな。他の募集要項も満たしているなら、こいつで手を打とう」

「あのっ、確かに高校時代は演劇部に所属していましたが、ずっと大道具係で――」

「では行くぞ。時間がない」

『高校で三年間演劇部に所属』と履歴書に書いたけれど、裏方ばかりで演技の経験はない。そう言おうとしたが、立ち上がった克彦はすたすたと悠希の隣を通り過ぎた。

どうすればいいのか戸惑って立ち尽くしていると、扉の前で立ち止まった克彦は、怪訝《けげん》な表情で悠希を振り返る。

「――何をしている。さっさと来い」

「来いって、どこへ行くんです？」

「駐車場だ」

駐車場ということは車に乗るのだろうが、それでどこへ行こうというのか。

悩みながらも、とにかく歩き出した克彦を追って面接室を出ると、待合室にはもう誰もいなかった。

他の応募者は、悠希が面接室に入る際、誠司が帰らせるようスタッフに指示したようだ。

雇い主に無断で他の応募者を帰らせてしまうなんて、よほど克彦が悠希を選ぶと確信があってのことだろう。

どうして誠司は、そこまで自信を持って悠希を推薦したのか。

悩んでいるより訊いた方が早い。隣に並んで歩いている誠司に、そのまま疑問をぶつけてみることにした。

「あの……どうして私に声をかけてくれたんですか？」

前を歩く克彦には聞こえないよう声を潜めて訊《たず》ねると、誠司も小声でこっそり耳打ちしてくる。

「顔が克彦様の好みで、雰囲気が柔らかくて子供受けがよさそうだと思ったからです」

「こ、好み……って」

「小柄でショートヘア。きれいより可愛い顔立ちで、保護欲をかき立てる人――克彦様は昔から、好きになるタイプが同じなんです」

『保護欲をかき立てる』とはつまり、頼りなさそうということ。情けないが、さっきから失態続きの悠希では、そう思われても仕方がない。

顔については、華やかできれいな顔立ちの応募者が多かったから、地味な自分が逆に目を惹いたのだろうと推測した。

選ばれた理由について納得すると、今後のことが気になってくる。

「これからどこへ行って、何をすればいいいんですか？」

「それは移動の道すがら、克彦様から説明して貰ってください」

「……こちらの方に、ですか？」

足の長さの違いを考えてほしい、と思う程の大股で歩き続ける克彦の後ろ姿を改めて見る。

誠司とのやりとりで下の名前は分かったが、フルネームすら知らない人について行くことに、今更ながら不安を覚える。

そんな悠希に、誠司は心配ないとばかりに優しい笑みを浮かべた。

「失礼、自己紹介もまだでしたね。私は秘書兼、雑用係の高橋《たかはし》誠司で、あちらが――」

「おまえの雇い主兼、夫の御崎克彦だ」

さっきまでの小声と違い、普通に話し出した二人の会話は聞こえたのだろう。克彦は歩を緩めることはなかったが、後ろに視線をよこして自己紹介をしてきた。

だが、さらりと言われたその言葉に、悠希は目を見開いた。

「え！　お、夫って？」

「花嫁には、花婿がいて当然だろう」

花嫁募集に応じておいて何を驚くと呆れられ、それもそうだと気まずさに俯いてしまう。

しかし、こんなに怖そうな人の花嫁役だなんて、上手《うま》くいかない予感しかしない。

「……初めは扱いづらいと思いますが、案外、根は単純な人ですから、大丈夫ですよ」

心許《こころもと》なげな悠希の表情を読み取ってか、誠司がこっそりと耳打ちしてくれる。その心遣いに、何とか笑顔になれた。

右も左も分からない状況だが、気遣ってくれる人がいると心強い。

ビルの裏手にあった駐車場に着くと、黒塗りの外車に乗るよう促される。

「どうぞ」

「あ、ありがとうございます」

わざわざドアを開けてくれた誠司の笑顔に励まされ、不安を押し殺して車に乗り込む。

硬めだが座り心地のいい広々とした後部座席に身を縮めて座ると、その隣に克彦が乗り込んできて、距離の近さに緊張感が高まる。

しかしそんな悠希に頓着する様子もなく、克彦は運転席の誠司に車を出すよう指示した。

「御崎さん。これからどこへ――」

「俺のことは克彦さんと呼べ。俺はおまえを悠希と呼ぶ」

「はい！　克彦、さん」

有無を言わせぬ克彦の目力に押され、背筋を伸ばして下の名前で呼ぶと、克彦はそれでいいとかすかに笑みを浮かべて頷いた。

――笑うと、少し怖さが和らぐ？

言われたとおりにすれば、きっと大丈夫。不安に波打つ心臓に言い聞かせて気持ちを落ち着ける。

「時間がないので、悠希の役回りについて簡単に説明させて貰う」

車が走り出すと、克彦はようやく本題に入ってくれた。

「役回りって、やっぱりお芝居なんですか？　ぶ、舞台とか……？」

「別に舞台なんかじゃなく、日常の中で演じて貰う。演じる役は俺の妻。演じる相手は、俺の甥《おい》の蒼介。四歳の男の子だ」

「子供相手、ですか」

「……二十日前に母親を亡くしたばかりなんだ。気をつけて接してやってくれ」

子供にならし、女装姿を見られてもさほど恥ずかしくはないかも、と少しほっとしたのもつかの間、その後に続いた話の重大さに悠希は顔を引きつらせた。

たった四歳で母親を失った男の子なんて、どう接してあげればいいのか。責任がのし掛かったみたいに肩が重く感じる。

だが克彦の方が、悠希の何倍も苦渋に満ちた表情を浮かべた。

「姉が亡くなって、義兄が自分だけでは子育てができないと泣きついてきてな。そのくせ俺が引き取るというと、独身男には任せられないと難癖を付けてきたんだ」

「だから、既婚者を装うために、花嫁が必要になったんですね」

怖そうに見える克彦だが、それだけ真剣にこの問題に取り組んでいるということだろう。甥っ子思いのいい人なんだと、克彦に抱いていた畏《おそ》れが少し和らいだ。

「私の役柄は『花嫁』ですが、仕事内容は『母親』と思った方がいいですよね」

「あの子の母親は、姉だけだ！」

心構えについて確認したかったのだが、即座に否定された。

そのあまりの剣幕に驚いて目を見開いたまま黙り込むと、克彦も過敏になりすぎたと思ったのか、気まずげに視線を逸らして声のトーンを落とす。

「……姉の代わりになれるような人は、いない」

必要なのは、あくまでも自分の妻役をする花嫁だ、と強調する。

でも悠希にしても、母親を亡くしたばかりの子供の母親代わり、なんて重大な責務をこなせるとは思えなかったので、その方がありがたい。

「分かりました。母親ではなく、叔母《おば》としてがんばります」

「そうしてくれ」

「ところで、どうして花嫁役なのに女の人を雇わなかったんですか？」

花嫁役を募集した理由は分かったが、わざわざ男性に限定した意味は分からない。こちらも何か重大な事情があるのではと思ったが、帰ってきたのは単純な答えだった。

「女は家に入れたくないんだ」

勝手にあちこちいじるし、余計な詮索《せんさく》をしてくる、と克彦はあからさまに不機嫌な声で吐き捨てる。こうきっぱり言い切られては、そんな女性ばかりではないなんて一般的な言葉で反論してわざわざ不興を買う真似《まね》はできなくて、はぁ、と力なく頷くしかなかった。

「それに、妙齢の女性と夫婦役を演じて、手を出さない自信はない」

克彦は家に女を入れたくはないが、女嫌いというわけではないらしい。

しかし、女性についてあれだけ悪し様《あざま》に言っておきながら、手は出したいとは随分勝手だ。

でもそれも、口にすれば機嫌を損ねるだろうと言葉にはしなかった。

だがそれまで黙って運転していた誠司は、ここぞとばかりに克彦の素行をあげつらって非難を始める。

「適当な相手と適当に付き合ってばかりだから、本物の嫁の来てがないんですよ」

「……嫁なぞいらん」

「硬派でストイックな男性が言えば様になるんでしょうけれど、克彦様ではねぇ」

何が言いたいと後頭部をにらみつける克彦を無視し、誠司はバックミラー越しに悪戯《いたずら》な笑みを悠希に送る。

「手の早い人ですから、気をつけてくださいね」

「ええっ！」

「馬鹿を言うな。俺はそっちの気はない」

「お、俺もです！　男性に興味はありません」

克彦から、おまえはどうなんだと視線を向けられ慌てて否定したが、なんだか気まずい空気になり、それを払拭《ふっしょく》しようと悠希は話題を変えにかかる。

「子供を引き取って育てるって、まさか成人するまでじゃないですよね？」

応募要項に期間無期限とあったが、さすがに四歳から二十歳までの十六年間なんてことはないだろうけれど、念のため訊いてみた。

「海外赴任中の義兄が、帰国するまでの間だ。元々、蒼介が小学校に上がる前には帰国する予定だったから、だいたい二年くらいだろうな」

「二年……ですか」

ずいぶん長く感じたが、月給七十二万円で二年間働けば、千七百二十八万円の収入を得られる。それだけあれば、余裕で復学できる。

がんばって働こうという気力が湧《わ》いたが、他の疑問も湧く。

「主な仕事が子供のお世話なら、住み込みのベビーシッターと大差ないですよね？　それで、どうしてこんなにお給料がいいんですか？」

「時給千円は、大した金額じゃないだろう？」

どこが高給なのかといぶかる克彦に、悠希はどういう計算なのかと首をひねる。

「千円で、どうして月給が七十二万になるんです？」

「時給千円で二十四時間を一ヵ月の計算だ」

「い、一日中、働かなきゃいけないんですか！」

簡単に稼げる仕事などないと覚悟はしてきたけれど、三十日間二十四時間勤務とは過酷すぎる。

驚いて涙目になる悠希に、克彦はそこまでさせるつもりはないと、それまでの難しい表情を崩して苦笑いした。

「蒼介が寝ているときは、寝てくれていい。ただ、夜でも蒼介が起き出してきた場合に、対応してやってほしいんだ。睡眠時間を削った分は、超過手当としていくらか上乗せさせて貰う。週に一日は休める日も作る。だが、なるべく蒼介を優先して、病気の時や側《そば》にいてほしがるときには考慮してほしい。他にも休暇が必要なときはベビーシッターを頼むから、事前に予定を言っておいてくれ」

子供最優先に予定を立ててほしいから、休日分も給料を払うということか。

克彦は、何事も自分の計画通りに進めたいタイプらしい。説明される事柄を、悠希は頷きながら頭にたたき込んだ。

「それにしても、随分と込み入った事情があったんですね」

お芝居の宣伝かと思った広告が、母親を亡くした子供のためだったとは驚いた。そう言うと、自分でもおかしな求人だと思っていたのか、克彦は深いため息をつく。

「大事な姉の子を引き取るために、仕方なくやったことだ。こんな茶番、好きこのんでしているわけじゃない」

「茶番だってことは自覚してくださってたんですね。よかった」

またもバックミラー越しにちらりと視線をよこした誠司が、いやみったらしく微笑《ほほえ》む。

先ほどのやりとりといい、ただの秘書と雇い主というだけではなさそうな二人の会話が、なんだか微笑ましくて口元がほころぶ。そんな悠希を目にしてばつの悪い表情をした克彦は、不機嫌そうに鼻を鳴らして話題を元に戻す。

「まずは自分のことを『俺』ではなく『私』と言うように徹底しろ。言葉遣いも丁寧に、乱暴な言葉遣いは一切禁止だ」

「はい！　私、がんばりますわ」

「……意識しすぎて、変だぞ」

早速実行しようと女性っぽく話してみたが、不評だった。自分でもおかしかった、と顔が火照《ほて》って俯いてしまう。

「申し訳ありません……」

「まあ、以後気をつけろ」

毎日のことだから、無理をせず続けられる言葉遣いにするよう言われ、とにかく一人称を『私』にすることに意識を集中させることにした。

「ところで、そろそろどこへ向かっているのか教えていただけませんか？」

仕事内容は分かったが、目的地が分からない状況は不安だ。

「まずは結婚写真を撮りに行く」

「ええ？　け、結婚式までするんですか？」

「結婚写真と言っただろう。写真を撮るだけだ」

義兄に結婚したと信じ込ませるために、結婚式の写真を見せるという。

犯罪とまではいかないが、人を騙《だま》すなんてよくないことだと気がとがめる。しかし、あれだけ大勢の中から花嫁に選ばれたのに、今更嫌だとは言い出せない。

もう舞台に上がってしまったのだ、と悠希は腹をくくった。

車が止まったのは、ショーウィンドウに結婚式の写真やウェディングドレスが飾られた、一目で結婚写真を撮影するスタジオと分かるビルの前。

「結婚写真ってことは……やっぱり、ウェディングドレスを……着るんですよね？」

たぶん、いやきっと絶対そうだろうな、と思ったことを一応口に出して確認してしまう。

「白無垢《しろむく》がいいのか？　残念だが着物を着るほどの時間はないから、ドレスだけで我慢しろ」

「はあ……そう、ですね……我慢……我慢しないと……ですね」

質問の意図を取り違えられたようだ。克彦から、着物も似合いそうだが洋装の方がきっと似合う、なんておかしな慰められ方をしてしまった。

『花嫁募集』に応募したのだから、ウェディングドレスを着ることも当然あり得ることだった。自分の浅はかさが、今更ながらに悔やまれる。

高校時代、友達グループの中でちょっといい感じになった女子がいた程度で、彼女すらいたことがないのに、写真だけとはいえいきなり結婚だなんて。しかも花嫁として写真を撮ることになるとは、想像すらしたことがなかった悠希は、完全に腰が引けてしまった。

さらに、そんな悠希の弱気に拍車を掛ける事態が起こる。

「それでは、私はこのまま、空港まで蒼介様をお迎えに行ってまいります」

誠司はドアを開けるために外へ出ただけらしく、再び運転席へ向かう。

「え！　行っちゃうんですか？」

頼みの綱を失う不安で、すがる眼差しを送る悠希に、誠司はがんばってと笑顔を向けた。

そして即座に笑顔を消し去り、厳しい表情で克彦と向き合う。

「水島《みずしま》様へのご伝言は、いかがなさいます？」

「……後でメールをしておく。いいから早く迎えに行ってくれ」

素《そ》っ気《け》なく言い放ち、さっさと背を向ける克彦に、誠司は明らかに不承不承という表情で一礼して車に乗り込んだ。

「私も、蒼介くんのお父さんに会わなくていいんですか？」

「あいつは来ていない。家政婦が付き添ってくれているだけだ。仕事と息子のどちらが大事なのやら――」

これまでの話と苦々しげな表情から、克彦は単に今回の件が気に入らないだけでなく、以前から義兄と不仲のようだ。

正直なところ、『克彦の妻』として義兄に会わなくてすんでよかったが、これから預かる子供の好きな物や苦手な物を訊いておきたかったので、少し残念な気持ちになった。

しかしあまり立ち入っていい話ではなさそうなので、悠希はとにかく目の前の仕事をこなすことにした。

撮影スタジオで待ち構えていたのは、二十代後半から三十代ほどの三人のスタイリスト達。白のシャツに黒のタイトスカートとシンプルな服装に、ばっちりと化粧をしたきれいなお姉さんに取り囲まれて、どぎまぎしたのも初めの数分だけ。悠希はパンツ一丁の姿で採寸に靴あわせにと花嫁に変身する準備に追われ、目が回りそうになった。

だが、これも仕事。

お姉さん達も、仕事でやってるんだから恥ずかしがることはない、と思ったけれど『肌がきれい』だの『ウエスト細い』だのキャアキャア言われながらカットやメイクを施されると、着せ替え人形にされているみたいでいい気はしない。

さらに胸パッドをどっさり詰めた補正下着を着けられ、スリムだが裾はゆったりと広がった優美なウェディングドレスを着終えた頃には、周りのテンションとは裏腹に、悠希の気力はほぼゼロになっていた。

「準備できたか？」

別室で花婿の衣装に着替えてきた克彦の登場に、ブーケを準備していたスタイリストも手を止めてそちらを見る。

結婚式用の撮影が主なスタジオのようなので、花婿など見慣れたものだろう。そのスタッフでさえ感嘆の息を漏らすほど、克彦の花婿姿は堂に入ったものだった。

彫りの深いはっきりとした顔立ちに、洋装はよく似合う。

白銀のモーニングコートの胸ポケットには、蘭《らん》の生花をあしらっている。悠希のドレスの胸元に、蘭を模《かたど》った刺繍《ししゅう》が入っているのに合わせてのことだろう。

自分の方は、克彦の完璧さに見合う出来に仕上がっているのか心配だったが、鏡を見る勇気はない。

「いかがですか？　御崎様。すっごく素敵な花嫁さんになりましたでしょう？」

得意満面なチーフとおぼしき年かさのスタイリストの横で、椅子から立ち上がる元気さえ湧かない悠希だったが、これも仕事、と呪文のように心の中で繰り返し、克彦に向かって何とか微笑んでみた。

「——まあ、それなりに様になったな」

「……そうですか……」

鏡の前に座る悠希を上から下まで眺めた克彦は、眉間《みけん》にしわを寄せてはいたが、こんなものだろうというように鼻を鳴らした。

半裸で女性に囲まれていじくり回される、なんて恥ずかしい事態を耐えたのに、お気に召さなかったようで、悠希の気力ゲージはゼロからマイナスへと落ち込んでいく。

「忘れるところだった。これも付けておけ」

俯いた膝《ひざ》の上に、ぽいと投げられた白いビロードのケースを開けると、シンプルなプラチナの指輪が一つ。

よく見れば、克彦もすでに左手の薬指に指輪をしている。

そういえば結婚式には必須アイテムだよな、と自分で左手の薬指にはめてみた。

「サイズはどうだ？」

「えーと……大丈夫だと思います」

指輪なんてしたことがないから、これがフィットしている状態なのかよく分からなかったが、指の付け根まで入って抜け落ちなければいいのだろう。

最後に、とどめとばかりにティアラ付きのベールとブーケを装備させられ、形式だけは完璧な花嫁が出来上がったようだ。

「では、撮影に行くぞ」

「はい——え？」

座っている目の前に腕を差し出され、どうすればいいのかと見上げれば、腕をつかまれて立ち上がらせられる。

「あ、あの……」

「そのヒールでは、まともに歩けないだろう」

確かに、安定感の悪いハイヒールで、長いスカートを引きずりながら歩くなんて初めてのこと。そのまま腕を組まされ、二人寄り添って更衣室から撮影セットのある部屋へと進む。セットまではほんの数メートルの距離だが、足元がおぼつかなくて克彦の腕にしがみつきながら歩くのがやっとだ。

まだ撮影前なのに花嫁と花婿の入場のような姿に、見ていたスタイリストから「素敵！」と声が上がった。

仕事上の社交辞令だろうが、その表情はなんだかおもしろがっているように見える。

男同士で結婚写真を撮ろうとしている自分たちは、ゲイのカップルと思われているんだろうな、なんて今更だが複雑な気分になって、げんなりする。

さらにセット内では幾つものライトがたかれ、まぶしい上に暑くて、立っているのがやっとだ。

今日ここまでで、人生初の経験をどれだけしたことだろう。

どうしてこんなことになってしまったのか、と過去の自分の行動を後悔しても、もう遅い。ウエストの締め付けによる酸欠も相まってくらくらする頭で、悠希はカメラマンに言われるがまま、ポーズを取って写真に収まった。

「はーい、お疲れ様でしたー」

「……はい……疲れ、ました……」

どれくらい撮影にかかったのかよく分からないが、疲労困憊《ひろうこんぱい》するには十分な時間だった。

カメラマンからのねぎらいに、思わず正直な感想が漏れてしまい、克彦から軽く睨《にら》まれる。

「この程度で疲れていてどうする。本番はこれからだぞ」

コルセットで、ウエストをぎゅうぎゅうに締め付けられたことのない人から言われたくないと思ったが、これも仕事。

それに、肝心のお世話をする『蒼介くん』に会ってすらいないんだから、弱音を吐くのはまだ早い。何を言われても、札束がしゃべっていると考えれば耐えられるはず。

悠希は歯を食いしばりつつ、引きつった笑顔を浮かべた。

撮影を終えると、撮影用のメイクとドレスから普段用のメイクと服へのお色直しをさせられた。

用意されていたのは、胸元でリボンを結んだブラウスにベージュ色のカーディガン。それから、落ち着いたピンク色のふんわり広がった膝丈のスカート。

清楚な若奥様風のこの服は、克彦の好みだろうか。

パッド入りのブラジャーは着けられたが、パンツは男物のままでよかったし、ウエストの締め付けからは解放され、胸の違和感はぬぐえないが息は楽になって、少し元気を取り戻せた気がする。

次からは自分でできるようにとメイクのやり方も教えて貰ったが、化粧品の種類の多さだけで頭がいっぱいになり、使う順番まで覚えられたか自信はなかった。

着替えをすませ、居並ぶスタッフにお見送りされて外へ出ると、スカートの中にまで風が舞い込み、悠希は震え上がった。

女の人はこんな睾丸の縮まる思いを――いや、睾丸はないが、とにかく寒さを我慢してまでおしゃれをしていたのか、と変なことに感心してしまう。

「何をもぞもぞしている」

「すみません。でも、足が……すうすうして落ち着かなくて」

ハイヒールからパンプスに履き替えたおかげで、移動に支障はなくなったが、歩くときにこすれるストッキングの感覚が気持ち悪い。

――この程度のことでまいっていて、この先どうなるんだろう。

ため息混じりに見上げた空は、もう夕暮れの気配をまとっていた。

車がないので、今度はハイヤーで移動する。スタイリストから教えて貰ったメイクの仕方を思い返している間に、ハイヤーはオフィス街を抜けて大きな公園や学校がある居住地域へ入り、高いビルが点在する中でも、ひときわ目立つガラス張りの高層ビルの前で止まった。

「着いたぞ」

「ここでは何を？」

「ここが新居だ」

「ええっ？」

克彦に続いてハイヤーを降りて訊ねると、さらりととんでもない答えが返ってきた。

四十階建ての高層ビルだが、三十階まではオフィスフロアで、その上がマンションフロアになっているそうだ。

車寄せからして一流ホテル並みに立派なビルで、これがタワーマンションというものか、と呆然と辺りを見回してしまう。

整備された美しい芝に囲まれ、小さな噴水まで備えたちょっとした公園のような前庭。ガラス張りのエントランスの内部は、柔らかな明かりが大理石の床を照らし、フロントカウンターにはコンシェルジュが常駐していた。

「お帰りなさいませ。御崎様」

エントランスに入ってカウンターの前まで来ると、きっちりと髪を後ろで結んだ二十代後半ほどの女性コンシェルジュが、克彦の顔を見てにこやかに頭を下げた。

どうも住人の顔はすべて覚えているようだ。

「これから同居する悠希だ。いろいろと面倒を見てやってくれ」

克彦が悠希のことを簡潔に紹介すると、コンシェルジュは悠希にも「お帰りなさいませ」と頭を下げた。

「よ、よろしくお願いします」

『妻』とは紹介されなかったので、この人にはどう接すればいいのだろうと緊張したが、住人のプライバシーには立ち入らないことになっているらしい。コンシェルジュは、事務的にマンションに関する説明を始める。

「悠希様の分のカードキーは、こちらになります」

あらかじめ同居人が来ると言ってあったのだろう。部屋の鍵だと渡されたのは、カードタイプの電子キーだった。

部屋への出入りはもとより、エレベーターすらこのキーがなければ動かない。さらにプライバシー保持のため、キーを使ってもエレベーターは自分の部屋の階と、共有スペースのある階以外には止まらないそうだ。

知れば知るほど、悠希が今住んでいる築三十年のマンションとは違いすぎて、まさに『住む世界が違う人』に関わってしまった、と改めて感じた。

一通りの説明を受けてから、悠希は克彦と共に住人専用のエレベーターに乗り込んだ。

外を見渡せるガラス張りのエレベーターが上昇して地面が遠ざかっていくと、ますます浮き世から離れていく気がして不安が膨らむ。山際にわずかなオレンジ色の光を残し、深い群青に染まる空を見て、心まで暗くなったみたいだ。

「あの……俺、いえ、私はこれから、ここで暮らすことになるんですか？　とりあえず、一度家に帰りたいんですが……」

面接へ向かう前に、今のバイトが駄目になったが、代わりによさそうなバイトを見つけたから面接に行くと母親にメールを入れて、それきりになっていた。家族に住み込みのバイトをすることになったと伝えたいし、着替えなども取りに行きたいと訴えたが、克彦からは後にしろとあっさり却下された。

「もうすぐ蒼介が来るんだ。それまでに役回りについて話し合いたい。家族への連絡はそれからにしろ」

蒼介——たった四つで母親を亡くした男の子。その子との対面、という大仕事がこれから待っているのだ。

さっきまでは自分が何をされるのかばかり心配していたが、今度はこちらが何かをしてあげる番。自分のことはいったん忘れ、その子のことを考えることにした。

住民用のエレベーターはオフィスフロアには止まらず、三十階までノンストップで到着する。

三十階は住人専用の共有スペースになっていて、子供が遊べるキッズルームやラウンジがあるという。

そこからさらにエレベーターに乗り、ついたのは三十五階だった。

克彦が用意した新居は、ファミリータイプの３ＬＤＫ。

壁やソファは白で、扉や家具などは柔らかな木目調でまとめられた部屋。まだ必要最低限の物しかないのが、新婚家庭の新居っぽい。

そのリビングを入ってすぐの棚に、克彦が先ほど撮影した写真が入った写真立てを飾ったことで、完膚なきまでに新婚さんの部屋になった。

「もう現像できたんですか？」

「おまえがメイクを教わっている間にな」

――どんなおかしな写真になっているんだろう。

直視を避けてきたけれど、こんな場所に飾る物なら確認しておいた方がいい。悠希は初めて、自分の花嫁姿に向き合ってみることにした。

花が彫り込まれた白い写真立てに入っていたのは、花嫁と花婿がごく普通に並んだ立ち姿の写真。

メイクとカメラマンの腕の良さもあるのだろうが、ちゃんと幸せな新郎新婦の記念写真に見えた。自分の少し緊張した顔も、恥じらう初々しい花嫁に感じるのに驚く。

しかし、椅子に座ったりキスシーンもどきのポーズまで取らされたのに、これだけ？　と思ったら、とりあえずリビングに飾る用の物だけを、特急仕上げで作って貰ったそうだ。他の写真はデータとアルバムに収めて後日送られてくるので、義兄にはそちらを見せるらしい。

あんな物をまとめて人に見られるなんて、考えただけでくらくらしてくる。

気分を変えようと、悠希はリビングの大きな窓に近づいてブラインドを上げてみた。

「うわぁ……」

眼下に広がる景色に、思わず声が出た。すっかり日が落ちた宵闇《よいやみ》に向かって立ち上がるビルの群れは、星屑《ほしくず》をまぶしたように輝いている。道を走る車のライトは、蛇行する光の帯のよう。

とても個人宅から眺められるとは思えない絶景にしばし見とれ、室内へ視線を戻すと、壁際に花と写真が飾られた小さな白い机があるのに気付く。

「それが、姉の加奈子《かなこ》だ」

あの写真は何だろうと近づいた悠希に、克彦が教えてくれた。

これは、仏壇代わりの祭壇のようだ。

「この人が……」

海外で撮影されたのか、異国の物らしいあでやかな色合いのショールを被《かぶ》り、まぶしい笑顔を浮かべる女性。こんなにいきいきと輝いている人が、もうこの世にいないなんて。

切なさに、ぐっと息が喉《のど》に詰まる。

「こんなにお若いのに……」

「ああ……まだ三十五歳だった。なのに、患って半年も経《た》たずに……」

病気が発覚する少し前に撮られた写真だそうだが、まだ二十代に見えた。

姉弟だけあって目元などが克彦と似ていて、意志の強さが見て取れる。彫りが深い顔立ちな上に日に焼けていることから、エキゾチックな美しさを感じた。

色白でひょろりとした自分とは、違いすぎて気後れしてしまう。

彼女の息子に受け入れて貰えるか不安になったが、お世話を始める前から弱気になってはいけないと自戒する。

自分みたいな頼りがいのない男に息子を託すことになって、さぞ不安なことだろう。でも精一杯がんばりますから見守っていてくださいと、思わず祭壇の前で手を合わせた。

「──その花も、たまに生け替えてくれ」

「はい」

愁《うれ》いを帯びた眼差しに、克彦がどれほどこの人を慕っていたかが分かって、目の奥が痛いくらいに熱くなる。花を生けたことなどなかったが、きちんと手入れをしよう。

家の中を把握するよう克彦に促され、他の部屋も見て回る。まず向かった突き当たりの部屋は、主寝室だった。

「服や日用品は揃えてある。他に必要な物があれば、後で取りに行けるよう手配する」

花嫁にと用意されたクローゼットの中には、スカートだけでなくズボンもあり、ユニセックスなデザインの服が多かった。毎日こんなふわふわのスカートを穿《は》いて過ごすのかと心配していた悠希は、ひとまず胸をなで下ろす。

料理もこなさなければならないので、キッチンも念入りに見て回る。

冷蔵庫や食品棚にはある程度の食材が用意されていて、足りない分はここからお金を出して買うように、と家計用の財布を渡された。

ざっと見ただけで、札入れに一万円札が二十枚ほど入っている。財布も、確か女性に人気のブランドの高価な物で、落としたら一大事だ。

「あの……こんな大金……持ち歩きたくないんですけど」

「それなら、使う分だけ財布に入れて、後は引き出しにしまっておけ。それだけあれば一月やりくりできると思うが、足りなくなったら言ってくれ。補充する」

お金持ちの余裕ってすごい。というか、生活費が二十万円で足りないかもって、意味が分からない。元の生活に戻ったときに困らないため、おかしな金銭感覚を身につけないよう気をつけてやりくりしなければ。

それから風呂場、トイレ、子供部屋、書斎、と一通り部屋を案内されたが、どの部屋も美しく調えられていて、モデルルームの見学会に来た気分になった。

舞台となる家のことを一通り把握すると、いよいよ演じる役柄についての話になる。

蒼介がここへ到着するのは、飛行機が遅れて十九時頃になると誠司から連絡があったので、あと一時間ほどある。

悠希は少しばかり浮ついた気持ちを引き締め、ダイニングの机に克彦と向かい合わせに座り、まずは蒼介を引き取ることになった経緯から聞くことになった。

「蒼介は、父親の仕事の関係でアフリカにいた」

「ア、アフリカ？」

海外在住と聞いていたが、場所がアフリカとは意外だった。どんな生活をしていたのか想像もつかなくて、驚きにただ目を丸くする。

蒼介が暮らしていた国は、アフリカ大陸の西部にあるという。その国の名前はつい最近、テロが起きたとニュースで聞いた覚えがあった。

「……確か、あまり治安がよくない地域では？」

「よくないどころじゃない。かなりの危険地帯だ」

だから、一刻でも早く蒼介を日本に連れてきたかったらしい。

蒼介の父親の水島浩志《ひろし》は、日本の民間企業の社員だが、現地政府から依頼されたインフラ事業に携わっていた。

加奈子の方はアメリカの大学に留学中、その国出身の女性と知り合い、母国の惨状を何とかしたいと努力している彼女に感銘を受け、一緒にボランティア活動を始めた。そこで水島と出会って結婚したので、蒼介は現地生まれだという。

「お姉さんは、ずいぶん行動力のある方だったんですね」

「ありすぎだ。姉は留学してからほとんど海外にいたんで、あまり会えずにいた。だから死んだと言われても……実感が湧かない」

加奈子の葬儀は現地で行われたが、最近特に現地の治安が悪化して渡航延期勧告が出ていたせいで、日本からは誰も出席できなかった。

だから克彦も蒼介に会うのはこれが初めてで、少し緊張気味なようだ。

「向こうに日本人の子供が通えるような学校はないから、蒼介が小学生になる前に家族で帰国するはずだった。だが、もっと早く帰ってきていれば……」

姉の葬儀に出られなかったことを悔やんでか、言葉を切った克彦の辛《つら》そうな面差《おもざ》しに、かける言葉が見つからない。部屋の祭壇からみても、姉とその子供に対する並々ならぬ克彦の想いが感じ取れて、ただの仕事とは思わず、精魂込めてがんばらなければと決意した。

「蒼介くんは、日本語を話せるんですか？」

「危険すぎて外へは出られない環境だったんで、家の中で両親と家政婦以外の人間とはほとんど接触せずに育ったから、ほぼ日本語だけの環境だった」

蒼介についての基礎知識を学んだ後は、悠希と克彦の設定の説明が始まる。

「俺とおまえは友人の紹介で知り合い、一月に結婚したことになっている」

「あの……なっている、とは？」

水島から、日本で蒼介を預かってくれる人を探してほしいと相談を受けたとき、自分がと名乗りを上げたが、独身で多忙な克彦には頼めないと断られた。

だから、実は結婚したとっさに嘘をついた。

当然、いつ結婚したという話題になり、その場で話を作ったという。

今からそのつじつま合わせをしようということだ。

姉夫婦に結婚の報告をしなかったのは、姉が回復して容体が落ち着いてから話すつもりだったが、そのまま機会を失ったとごまかした。

その後は、向こうの通信事情がよくないのをいいことに、メールでの事後承諾で一方的に話を進めたそうだ。

「義兄には、彼女の家庭の事情で婚姻届を出すのを早めたと伝えてある。何か使えそうな言い訳はないか？」

「ちょうどと言いましょうか、去年の十一月に父が胃潰瘍《いかいよう》で入院しました」

「では、それを胃がんと勘違いした父親に、死ぬ前に花嫁姿を見せろとせっつかれた、ということにしておこう」

なかなかの力業《ちからわざ》だが、それなら式は挙げずに花嫁姿の写真を撮ったことも言い訳が立つ。二人のなれそめを話し合っていると、なんだか芝居の脚本を練っている気分になる。

人を騙す算段なのだが、姉の遺児を引き取りたいという純粋な想いからのことと考えれば、心の痛みも少しは軽くなる。悠希も積極的に話を合わせた。

「蒼介の健全な心身の育成のため、俺たちは理想の夫婦でなければならない。蒼介の前で喧《けん》嘩《か》や言い争いは御法度。常にむつまじい態度を演じてくれ」

「はい。……でも、たまには喧嘩の振りとかした方が、現実味がないですか？」

蒼介の両親だって、たまには喧嘩くらいしただろう。逆に不自然に見えそうだ。

だが克彦には、克彦なりの持論があるようだ。

「現実味なんぞいらん。蒼介は、理想の環境で育ててやりたい。子供は、ちゃんとした両親が愛情一杯に育てるべきだ。俺の家庭のように、父親は仕事優先で母親は男を作って出て行くようないい加減な環境で育てば、俺のようになってしまう」

「えっと、克彦さんのように、立派になるならいいのでは？」

雇い主のことなので多少持ち上げたが、それを差し引いても克彦は体格もいいし威風堂々とした雰囲気があって、面接会場では気圧された程だった。こんなに立派な新居が構えられるほどの財力もあるなら、十二分に立派な大人だろう。

「俺は、何でも斜め上から見下して、尊大でわがままで融通が利かない、そうだ」

憮然とふんぞり返り、まあ言われても仕方がないがと開き直る。その態度は、確かに尊大で不遜に感じる。

「あー……言われてみれば……そんな感じが、しなくもないというか、なんていうか……」

本人が言うのを否定するのも悪いし、そんな感じを受けるのも事実だ。しかし、雇われ人としてはどう答えるのが正解なのか、返答に困る。

とりあえず、誰にそんな無遠慮かつ的確な批判をされたのか訊ねてみると、過去に関係した女性達からだと聞かされた。

誠司が、克彦は手の早い遊び人と言っていたことを思い出し、そんな態度を取るから逃げられて長続きしないのだと納得してしまう。

「とにかく、蒼介はそんな大人にするわけにはいかない。理想的な環境で、理想的な大人になるよう教育する。だから、おまえは俺を夫として敬《うやま》え。俺はおまえを妻として尊重する」

まっすぐに見つめられ、真剣な眼差しにどきりと心臓がはねる。

どれほど性格が悪くても、女性が群がってくるのが理解できる男前だ。こんな眼差しで「俺の妻」なんて言われたら、女の人なら骨抜きになるだろう。

男の悠希も思わず見とれて目が外せなくなり、頷くことで何とか視線を逸らした。

「わ、分かりました。じゃあ、うちの両親もかなり仲がいいので、そんな感じでいいですよね」

悠希の両親はよく手をつないで買い物に行ったりするので、ご近所でも評判のおしどり夫婦。息子の自分から見ても微笑ましいので、参考にさせて貰おうと思ったが、克彦は反対してきた。

「熟年夫婦を手本にするのは早いだろう。新婚らしさが欲しい。まず外せないのは、いってらっしゃいとお帰りなさいのキスだな。ソファでは、俺の膝に座れ」

楽しげに口の端を上げて提案してくる『新婚夫婦』の演技は、聞いているだけで頭がくらくらしてくることばかり。

「まっ、待ってください！　そんなっ、そこまでは、ちょっと！」

「これがおまえの仕事だ。──童貞にはきついかもしれんが、まあ、がんばれ」

意地の悪い微笑みを浮かべる克彦に、たしかに蒼介をこんな大人にしてはいけない！　と強く思えた。

一通りの段取りがつくと、まだ少し時間があったので家族に連絡を入れさせて貰えた。ずっとマナーモードにしてあったので気付かなかったが、母親から合否や、夕飯はいるのかと問うメールが何通も来ていた。

「『晩ごはんイルカ連絡ださい』って……」

誤変換と脱字だらけのいつもの『おかんメール』を見ると、日常の世界に帰ってきたみたいで笑みが漏れる。

なかなか連絡ができなかったことを謝らなければならないし、この複雑な事態はメールでは説明しきれないので、電話をかけた。

でもまさか『花嫁』のバイトを始めたとは言えず、『住み込みのベビーシッター』ということにした。

母親から「あなたは子供の扱いに慣れてるから、きっと上手くやれるわ」と励まされ、緊張の連続でがちがちになっていた肩の力が抜けて、少し楽になった気がした。

だが、エントランスから呼び出しのインターフォンが鳴り、コンシェルジュから誠司が蒼介を連れてきたと告げられると、緩んでいた緊張の糸が一気に張り詰める。

蒼介は日本に来たのは初めてで、なにより母親を失ったばかりか、父親とまで離ればなれになってしまったのだ。どれほど不安なことだろう。

いきなり泣かれたらどうしよう、おもちゃで気を惹こうか——なんて、頭の中でいろんな事態を想定しながら、玄関で蒼介を待った。

「蒼介様をお連れしました。——これは、悠希さん。いえ、奥様。見違えました」

「お……奥様は……やめてください……」

部屋へ到着し、初めて悠希の女装を見た誠司は、自分の目に狂いはなかったとでも言いたげな笑顔を浮かべた。

でも今の悠希に、ご期待に副《そ》えて嬉しいです、なんて言える心の余裕はない。

なにより、『奥様』という響きのダメージは半端ない。

蚊《か》の鳴くような声で訴えて俯くと、誠司のズボンにすがりついている小さな手に気付いた。

誠司の後ろに、子供がぴったり張り付いて隠れているのだ。

「蒼介くん?」

なるべく優しい声で呼びかけると、小さな手はひときわ強くズボンを握り、それからそろりと顔を覗《のぞ》かせた。

母親を亡くしたばかりと聞いて痛々しげな子供を想像していたが、誠司の後ろにいたのは、驚くほどに可愛い男の子だった。

栗色の癖毛に、健康そうな肌の色。まあるく見開いた大きな目に不安の色は見えるものの、好奇心の方が勝っているようで、悠希と克彦の間にせわしなく視線を行き来させる。

「いらっしゃい、蒼介。よく来てくれたね」

克彦は軽く腰をかがめて蒼介に向かって両手を差し出したが、蒼介は誠司のズボンをぎゅっと握ってその場に固まったまま。

悠希も挨拶をするべきかと思ったけれど、蒼介はじっと克彦を見つめている。下手なことはしないでおこうと成り行きを見守る。

蒼介は克彦を怖がっているようではないが、探るみたいに真剣な目だ。

「克彦おじさんのこと、覚えてないかな？　直接会うのは初めてだけど、電話で何度もお話ししただろう？」

「かちゅひこおじさんは、ママのおとーと」

克彦、と上手く発音できないらしい。舌っ足らずな言い方が可愛くって頬が緩む。克彦も、嬉しそうに蒼介に微笑みかけた。

「覚えていてくれたんだね、よかった。これからは、おじさんがパパだよ」

「パパじゃないもん。ママのおとーとは、おじさんだもん」

ずいぶんと利発な子のようで、続柄を理解しているようだが、それを指摘する言葉も舌っ足らずなところが可愛らしい。

「そうだね。でも日本では、克彦おじさんがパパの代わりをすることになったんだ。だから……そうだな、克彦パパでいいよ」

「……かちゅひこパパ？」

少し首をかしげながら見上げてくる様子は、とても可愛い。克彦は満足げな笑みを浮かべ、蒼介の頭を撫《な》でた。

「いいぞ。よく言えたね。それからこの人は、克彦パパの奥さんの悠希だよ」

『奥さん』もなかなかの破壊力。思わず脱力したところを肘《ひじ》で突かれ、何事かと克彦の顔を見ると、目線で自己紹介するよう促される。

「あっ、よろしく、蒼介くん。俺は――あ、いや、私は夏野、いえ、御崎……悠希です」

初顔合わせの挨拶から、噛《か》み噛みでつまずいてしまった。

克彦から怒りと失望の入り混じった眼差しを向けられ、肩をすくめて萎縮してしまう。

「ユーキ、ちゃん？」

ふがいなさに握りしめた手を、一歩前に踏み出した蒼介の小さな手に摑《つか》まれて力が抜けた。

なんて小さくて、頼りない手なんだろう。

細い指ですがるように手を握られて、心ごと摑まれた気分になった悠希は床に膝をつき、蒼介と視線を合わせる。

「悠ちゃんの方が呼びやすいかな？　初めまして。蒼ちゃんに会えて嬉しいです。仲良くしてね」

悠希の言葉に、蒼介はぱっと瞳を輝かせた。

「悠ちゃんは、蒼ちゃんとあそんでくれるの？　アニーがね、にぽんにいったら、にぽんじんのおともだちができるって！」

「アニー？」

「アニタは蒼介が生まれる前から、姉の家で家政婦として働いてくれている女性だ」

首をかしげる悠希に、克彦が情報提供をしてくれる。

現地の人だが加奈子に教わって片言ながら日本語が話せて、日本まで蒼介を送り届けてくれたという。

加奈子のボランティア活動の手伝いもしていたので、引き継いだ仕事があるため、空港近辺のホテルで一泊してとんぼ返りするそうだ。

「水島様からのお手紙を預かって参りました。蒼介様に関する注意事項やお願い事が書かれているそうですから、必ず目を通してくださいね」

「……ああ」

わざわざ念を押さないと読まないと思っているのだろう誠司に、克彦は不快そうに顔をゆがめたが、蒼介がみているのに気付くと慌てて笑顔を作った。

「蒼介のパパは、何のお手紙をくれたのかな？」

封を破ると、克彦はぱらぱらと手紙をめくり、何枚かの紙を悠希に渡した。

「これは、悠希が目を通した方がいいな」

「え？　……ああ、蒼ちゃんについてですね」

渡された紙には、蒼介の好きな食べ物や苦手なことなどが、読みやすいように箇条書きにされていた。

「蒼ちゃんはピーマンも食べられるの？　すごいね」

「蒼ちゃん、いい子だから、なんでもたべる」

『嫌いな食べ物・特になし』の文言に目を見はると、蒼介は得意げに胸を張る。

言ってから、アフリカにピーマンってあるんだろうかと思ったが、とにかく満面の笑みを浮かべた蒼介が「もっと褒めて」と言っているように見えたので、盛大に頭を撫でてやった。

その時、頭上でくしゃりと小さな音がしたのに気付いて音の方を見上げると、手紙を握りつぶした克彦の手が目に入った。

——お姉さんのことについて、何か書かれていたのだろうか。

唇を嚙みしめる沈痛な面持ちの克彦にかける言葉が見つからず、どうすればいいだろうと誠司の方を見れば、誠司も静かな眼差しで克彦を見ているだけで、何も言わない。

「……悠ちゃん。おちゃくださぁい」

「おちゃ？　あっ、喉が渇いたんだね」

沈黙を破った蒼介の言葉に、大人達は呪縛が解けたかのように動き出す。

「じゃあ、とりあえずリビングに移動しましょうか」

「それでは、後は皆様でおくつろぎくださぃ」

「誠司さん、もう帰っちゃうんですか？」

玄関先で話し込んでいたのに気付き、中に移動しようとしたが、誠司はこのまま帰ると言い出した。

ほんの数時間だが一緒に過ごした人がいた方が、蒼介が落ち着くだろう。そう思ってお茶くらい飲んでいってと勧めたが、誠司は申し訳なさそうに頭を振った。

「啓次《けいじ》様――克彦様のお父様へのご報告もありますし、この計画に時間を取られて克彦様のお仕事の予定が相当狂いましたので、その調節をしませんと」

あくまでも口調は柔らかく、だが視線は厳しく克彦に向けた誠司は、これからまだ仕事をしなければならないらしい。

「蒼ちゃんのおじいさんは、こちらには……？」

「京都の本社にいらっしゃるのでなかなかおいでにはなれませんが、蒼介様のことを心配しておられます」

羽振りの良さから、克彦は会社の社長か何かだろうと思っていたが、各地に会社を持っているような大手企業の社長令息のようだ。

ともかく、蒼介の祖父に自分の女装を見せずにすむことに悠希は安堵したが、克彦は怒気をあらわにする。

「……どいつもこいつも、口先ばかりで仕事が優先か！」

自分の父親だけでなく、仕事にかこつけて蒼介を送ってこなかった義兄への苛立《いらだ》ちもあったのだろう。

辛辣《しんらつ》な表情で吐き捨てる克彦に、蒼介が敏感に反応して悠希の足にすがりつく。かすかにおびえる瞳が不憫《ふびん》で、悠希はその小さな身体《からだ》をそっと包むようにして抱き上げた。

「克彦さん……お言葉遣いが乱暴では？」

蒼介をおびえさせないためだが、克彦相手にも子供に言い聞かせるみたいな口調になってしまった。

自分にすがりつく子供を抱きしめながら言葉遣いをたしなめる、悠希の女性らしい仕草に驚いた様子で目を見開き、気まずげに頷く。

端でその様子を見ていた誠司は、にっこり微笑んで悠希と蒼介に頭を下げた。

「……それでは、私はこれで失礼をいたします」

「せーじさんは、どこへいくの？」

「私は会社へ戻って、お仕事をします。蒼介様のお父様と同じく、働き者なのです」

「パパとおんなじ。いっぱいおしごとするんだね！」

共感を得て心をつかむ。誠司は意外と子供の扱いが上手いようだ。今のところいいとこなしの克彦が、苦々しげな顔をしているのがおもしろい。

——でも、さっきみたいに辛そうな顔をされているよりずっといい。

なんだかほっとした気分になって微笑むと、抱っこしている蒼介も悠希の顔を見て微笑んだ。

悠希はどうやら蒼介のお気に召していただけたようで、第一関門を突破した気分で嬉しくなる。

蒼介を抱っこしたまま、にこやかに手を振って帰る誠司がエレベーターに乗り込むまで玄関から見送り、部屋へ入った。

家の中は全室に天井カセット型のエアコンが完備され、どの部屋も適温に保たれている。

蒼介はトレーナーにズボン。それから現地では着たことがないのか、真新しいジャケットを羽織り、青いリュックを背負っていた。

「蒼ちゃん。お家の中は暖かいから、上着を脱ごうね」

「ダメ！」

上着を脱がせようとまずはリュックに手をかけると、蒼介に手を振り払われた。

「上着を脱がないの？」

「蒼ちゃん、じぶんでする」

「そうか。もう四つだもんね。自分でお着替えくらいできるよね」

自分でできることを、人にされるのが嫌だったようだ。嫌われたのではなくてよかった。

しかし、小さいとはいえ自我のある子供を、二十四時間気を抜かず世話をするのは予想以上に大変そうだと、身の引き締まる思いがした。

「お茶を用意する間、蒼ちゃんを見ていて貰えますか？」

「ん？　ああ、そうだな。見ておく」

ぼーっと突っ立って悠希と蒼介のやりとりを見ていた克彦が、スイッチが入ったみたいに慌てて動き出す。

リュックをおろして上着を脱ぎだした蒼介の世話を克彦に任せ、悠希はキッチンへ向かう。食品棚でデカフェの紅茶を見つけたので、それを入れることにした。克彦と自分の分は普通のティーカップに、蒼介のは何度かカップを移し替えて適度に冷ましてから、子供用の持ち手の付いたメラミンのカップに入れる。

「お待たせしました」

リビングにお茶を運ぶと、蒼介は脱いだ上着をきちんと畳んで床に置いていたが、何故《なぜ》か再びリュックを背負って棚を見ていた。

そんな蒼介を、克彦はソファに座って見守っている。——と言うより、本当に『見ている』だけだ。

これは子供の躾《しつけ》だけでなく、パパの躾もしなければならないみたい、と悠希はそっとため息をついた。

リビングの床に座ってお茶を飲み出した蒼介は、棚の写真を指さす。

「悠ちゃん、およめさんのかっこだね！」

「結婚式の写真だから」

「あっちにママのしゃしんもあった」

「うん。……蒼ちゃんのママはきれいだね」

淡々と言う蒼介は、母親の死をどう認識しているのか、知りたかったが上手い問いかけが見つからない。ただ思ったままを口にすると、蒼介はひときわ嬉しそうに「うん」と大きく頷いた。

「でもね、けっこんしきのときのママが、いちばんきれい」

「写真で見たの？」

「ううん。テレビ」

「ええ？　テレビって……ああ、録画してあったんだね」

「悠ちゃんのも、みせて」

「えっ？」

「テレビでみる！」

蒼介はテレビを指さし、結婚式の動画を見たいと言い出した。しかし『病気で死期が近いと勘違いした父親に、花嫁姿を見せるため急いで写真を撮った』なんて設定を、母親を亡くしたばかりの蒼介にはとても言えない。

どうしましょうか、と助けを求めて克彦を見る。

「……残念だけど、写真だけしかないんだよ」

「どーして？」

「俺たちは婚姻届を出しただけで、結婚式は挙げていないんだ」

「どーして、けっこんしきしなかったの？」

「それは……その……」

子供の『どうして』攻撃は、納得できるまで止まらない。珍しく克彦が答えに詰まる。

ここはひとつ、役に立つところを見せなくては、と悠希は子供向けの話を作ってみることにした。

「悠ちゃんのお家に悪い人が来てね、悠ちゃんちのお金をぜーんぶ持って行っちゃったの。だから、結婚式を挙げるお金がなくなっちゃったんだ」

克彦なら結婚式の十や二十軽く挙げられる財力があるだろうけれど、こんな小さな子供にそこまでは分からないはず。『お金を盗んだ』という悪い人を出し、単純な話にした。

それが功を奏したのか、蒼介の意識はそちらに逸れる。

「わるいひと……こあいね。悠ちゃん、わるいひと、みた？　じゅーもってた？」

「じゅうって、拳銃？　そんなのは持ってなかったよ」

「パパのおしごとのひとのおうちには、じゅーもったわるいひとがきたんだよ！　バンバーンってされて、ケガしたんだって！」

「そうなんだ。怖いね」

「でも、蒼ちゃんちはだいじょーぶ。グンのひとが、こーんなおっきなじゅーもって、けーびしてくれてるから。でも、このおうちにはいないね……ここ、だいじょぶなの？」

「軍の人……」

「政府の事業に携わっている外国人の家には、政府軍の護衛が付くんだ」

克彦からの説明に、映画やニュースでしか見たことがないライフルを抱えた兵士が、悠希の脳内を駆け抜ける。

これは本当に、蒼介はしゃれにならない危険地帯に暮らしていたようだ。少しおびえた様子で腕をつかんでくる蒼介を抱き寄せると、克彦も安心させるようにセキュリティについて話して聞かせる。

「ここにも警備の人はちゃんといて、警備室ってお部屋のカメラであちこちを見てくれてるから、悪い人なんて絶対に入れないよ」

「ふーん……おやつをたべていい？」

克彦の説明に安心したのか突然話が飛び、蒼介はリュックをおろして中からクッキーの入った袋を出してきた。

どうも喉の渇きがおさまったら、今度はお腹が空いたようだ。

「ああ、もう夕ご飯の時間だね」

ここまで緊張しっぱなしで空腹を感じる余裕がなかったが、悠希も昼食を食べそびれて空腹だったことに気付く。

「お腹が空いたの、もう少し我慢できる？　すぐ夕ご飯にするから」

「んー……うん」

蒼介は、出した袋を未練気に眺めていたが、ご飯時におやつは駄目と躾けられていたのか、素直にリュックにしまい込んだ。

「冷蔵庫に食材が入ってましたよね。あれで何か作っていいですか？」

「それは構わないが……時間がかかりそうならデリバリーでいいぞ」

「とりあえず、もう一度食材を確認してみます」

卵にベーコンにトマトにレタス——一通りの食材がそろっているのに満足する。食品棚にパスタもあったので、カルボナーラかナポリタンくらいなら手早くできそうだ。

「パスタでよければ作りますけど、蒼ちゃんはパスタは好きかな？」

「すき！　だいすき！」

一応克彦にもお伺いを立てると、何でも構わないと返ってきた。

「それじゃあ料理する間、蒼ちゃんのお相手をしていただけますか？　一緒に遊んであげてほしいんです」

『見ていて』だけでは通じない、とさっき学んだので、どうしてほしいのかきちんと伝える。

「ああ……それはいいが……何をして遊べばいいんだ？」

水島が用意してくれた『蒼介メモ』を見ても、好きな遊びは『砂遊び』としか書かれていなかった。今は室内用の砂遊びセットもあるそうだが、ここにはない。

面接で「子供好き」と言った手前、ここは是が非でもいい案を出さなければ。

蒼介は日本とは習慣も環境もまるきり違う海外育ちだから、勝手がつかめない。とはいえ、子供心は万国共通のはず。

「まずは蒼ちゃんのリュックの中を見せて貰って、お気に入りの物や好きな遊びについて訊ねてみてはどうでしょう？」

子供は自分に興味を持って貰うのが好きだ。それに、これから一緒に暮らすには知っておくべき情報だろう。

「なるほど。持ち物を把握して、好きな物を訊いておくのは重要だな」

克彦から見直したような眼差しを向けられ、ちゃんと役に立てたことが嬉しくなった。

悠希の家は父親が四人弟妹の長男で、母親も三人姉弟の次女だったので親族が多く、法事などで集まると子供も大勢やってくる。大人は、大人同士の話で盛り上がると、子供からの言葉に適当に答えたり、ひどいときは聞いていなかったりもする。

そんな中で、悠希は会話を中断させてでも子供の声に耳を傾けて相手をしてやったので、子供達は自然と『悠兄ちゃん』に群がる。みんなのお兄ちゃんをしていた悠希は、自然に子供の扱いが上手くなり、教師を目指すようになった。

その夢は頓挫《とんざ》しているが、積んだ経験がここで役に立って嬉しい。

今度は家事の腕前を見せなければ。

床に座り込んでいる蒼介の隣に、克彦が腰を下ろしてきちんと相手をしてやるのを見届けてから、悠希は料理に取りかかる。

にんじんとタマネギのコンソメスープに、レタスとキュウリとトマトのサラダ。それに「タマゴがすき」という蒼介のリクエストを受けて、カルボナーラを作ることにした。

初めてのキッチンに苦戦しつつ調理していると、やけに深刻な顔をした克彦がやってきた。

「おい。蒼介がリュックの中を見せてくれないんだが」

どうすればいい？ と訊ねられた悠希は、手を止めてリビングのラグに座った蒼介の方を見る。

蒼介は青いリュックを大事そうに抱きしめながら、中から出したのか小さな絵本を床に広げていた。

さっき上着を脱がそうとした悠希の手を振り払ったのも、リュックに触られたくなかったのだ。

蒼介の服やおもちゃは後から送られてくるそうだから、あの中に入っているのは、きっと厳選されたお気に入りの物ばかり。なくしたり盗られたりしないか心配なのだろう。

「初めて会った人を警戒するのは、仕方がないことですよ。今はあの絵本を一緒に読んでみてはどうでしょう？ それか、他の絵本を見せてあげるとか」

「そうだな。絵本は買い揃えてある。そうか、絵本はいいな」

呟きながら、克彦は脱兎《だっと》の勢いで廊下へ出て行き、子供部屋から両手一杯の絵本を抱えてリビングへ戻ってきた。

「蒼介！　ほら、克彦パパはこんなに本を買ってきておいたんだぞ」

「わあ！　かちゅひこパパはほんがすきなの？」

向こうでは、日本語の絵本など手に入りづらかったのだろう。たくさんのカラフルな本を見て、蒼介は瞳を輝かせた。

「全部、蒼介のだ。好きなのを読みなさい」

蒼介は床一杯に広げた本をきょろきょろしながら物色しだしたが、リュックは手にしたまま。その状態で散々迷ってから、『桃太郎』の絵本を克彦に手渡す。

「これ！　これよんで！」

「読んでって……俺が読むのか」

「はやくっ！」

「よ、よし。――むかしむかし、あるところにおじいさんとおばあさんが住んでいました」

わくわくした瞳で、ぴったりと克彦の横に張り付いて絵本を広げる蒼介に、克彦は意を決したかのごとき真剣な面持ちで読み始めた。

だがそれが、議事録でも読み上げるみたいに朗々とした読み聞かせだったものだから、快活な口調と内容のギャップに、盗み聞いていた悠希は思わず吹き出してしまう。

それに気付いたのか、じろりと鋭い視線を向けられて慌ててキッチンへと引っ込んだが、まったく怖く感じなかった。

「むしろ、可愛い……?」

小さな甥っ子に好かれたくて仕方がない新米パパの健気《けなげ》さを見ては、自分もがんばらずにはいられなくて、悠希は手早く調理を進めた。


「お待たせしました。ご飯ができたので、絵本はまた後にしてください」

ダイニングの机に料理を並べ、蒼介は子供用の背の高い椅子に座らせる。

蒼介は席に着いてもリュックを離したがらなかったが、見えるようにすぐ隣の椅子の上に置くことで納得させた。

「蒼介。いただきますをしようか」

「はい。いただきまーす」

元気よく言った蒼介は、手を合わせるのではなく、キリスト教のお祈りのように手を組んで軽く頭を垂れた。

異国育ちを感じさせられて驚いた悠希だったが、克彦も向こうの食前はこうだとは知らなかったようで目を見開く。だが、何気ない風で自分は日本式に手を合わせた。

「いただきます」

無理に直すことでもないが、これから日本で暮らすなら、日本式はこうなんだと見せておくことも大事だと判断したのだろう。悠希も克彦と同じように手を合わせた。

テーブルには箸《はし》とフォーク、どちらも置いておいたが、蒼介はパスタはフォークでサラダは箸で、と上手に使い分けて一人でもくもくと食べる。

「お味はいかがですか？」

「おいひぃ」

無心にがっついていた蒼介に問いかけると、口いっぱいにパスタを頬張りながらにっこり笑顔の答えが返ってきた。その表情は、つられて微笑まずにはいられないほど愛くるしい。それに、お腹が空いていたからだろうけれど、自分が作った料理を夢中になって食べて貰えるなんて嬉しい。

悠希の弟も、生意気ではあったがいつも幸せそうに食べてくれたから作りがいがあった。この仕事もきっと続けていけるはず、とささやかながらも自信がついた。

蒼介はサラダを残したものの、パスタは少し多いかと思った量をぺろりと平らげた。

「蒼ちゃん。お腹がいっぱいになったんなら、無理をしなくていいからね」

残ったサラダのレタスを箸で摘《つま》んでは戻すを繰り返していた蒼介に、ごちそうさまをするよう促すと、ほっとした様子で箸を置いた。

残してはいけないと躾けられていたのだろうが、まだ蒼介の食べきれる量を把握していなかったこちらの責任だ。これから考えて作ってあげなければ。

ところで克彦の方はどうだったろうと見てみると、こちらは残さず食べきっていた。

「あの……お味はどうでした？　量も少なくなかったですか？」

「量はちょうどよかった。ただ少し、コショウが多すぎたな」

カルボナーラに入れたコショウの量を指摘されたが、ごく普通の量しか入れていない。でも、子供相手には多いと思われたのだろう。

「すみません！　でも、蒼ちゃんのには入れていませんでしたから」

「そうか……ならいいんだ。まあ、初めてにしては上出来だ」

説明すれば納得して貰えたようで、他の部分での駄目出しもなく、ひとまず安堵する。

「片付けはしておくから、蒼介の相手を頼む。──かなり危険だ」

雇い主にそんなことをして貰うわけにはいかないと申し出たが、洗い物は食洗機に入れるだけでいいからとあしらわれた。それに、蒼介の状態を見ると、今すぐそちらに向かわざるを得なかった。

蒼介は椅子に座ったまま、半開きの目でぐらんぐらんと前後左右に揺れている。

「蒼ちゃん？　もう眠いの？」

お腹の皮が張ると目の皮が弛むと言うが、おかしくなるほど速攻で眠気を催す蒼介を、落っこちないよう椅子から抱き上げた。

くたん、ともたれかかってくる温かな身体は、もうほとんど夢の中だ。あんまり可愛くてついよしよしなんて揺さぶれば、あっけなく目を閉じてしまう。

あどけない寝顔は、見ているだけで幸せな気分になってくる。軽く身体を揺らしながら本格的に寝かしつけにかかると、克彦と目が合った。

眉間にしわを寄せてじっとこちらを見ている克彦に、何かマズいことをしただろうかとすくみ上がって考え込み、まだ蒼介をお風呂に入れていなかったことに思い至る。

「すみません。蒼ちゃんはまだお風呂に入ってませんが、どうしましょう？」

蒼介を起こさないよう小声で訊ねると、克彦はしょうがないという風に鼻を鳴らした。

「疲れている上に時差ボケもあるんだろう。今日はこのまま寝かせよう」

風呂は朝にでも入れてやればいいと悠希から蒼介を受け取り、子供部屋へ運ぶ。悠希はその後ろを蒼介のリュックを持って追いかけた。

白い壁に天井は青空と白い雲の壁紙が貼られた、素敵な子供部屋。その窓際に置かれたベッドへ、蒼介の身体を横たえる。

自分もここで添い寝をするのだろうと思っていた悠希は、ベッドに枕がひとつだけなことに首をかしげた。

「私は、どこで寝れば……？」

「おまえは俺と同じ寝室だ」

「ええっ？」

『母親』ではなく『花嫁』が仕事と理解していたつもりだが、そこまでするのかと愕然《がくぜん》としてしまう。克彦は「男に興味はない」と言っていたが、さっき寝室で見た大きなダブルベッドに、男二人が並んで寝るなんて気まずすぎる。

それに蒼介は、一人で寝かすにはまだ幼いと感じた。自分が子供の頃は、弟が小学生になったのを機に二段ベッドを買って貰うまで、母親と弟と一緒に寝ていた。

「蒼ちゃんは一人で寝かせるんですか？」

「向こうでもそうしていたというから、そのつもりだ」

確かに、海外ドラマなどで子供が一人で寝ているシーンはよく見る。蒼介もそれが当たり前と思っているならいいかと納得できたが、今はいつもと状況が違う。

「でも……今晩くらいはついていてあげていいですか？　目が覚めたときに、知らないところで独りぼっちだなんて、寂しいでしょう」

「……それもそうだな」

克彦が自分も一緒に寝ると言いだしたことから、主寝室で三人川の字で寝ることになった。

大きなベッドの真ん中に、小さな蒼介が眠っている姿は、なんだかふかふかのクッションに包まれた貴重品みたいだ。

ベッドに腰掛け、上半身だけ倒して蒼介の寝顔を見ていて、思わずつやつやのほっぺたを突っついてしまったが、よほど疲れているのかまったく起きない。

「可愛いなぁ……」

「……そうだな」

「っ！　……はぁ……」

突然後ろからかけられた声に思わず叫び声を上げそうになったが、ぎりぎりのところで堪《こら》え、声の代わりに大きく息を吐き出した。

身体を起こして振り向くと、風呂に入りに行った克彦が立っていた。眠っている蒼介を起こさないよう、静かに入室してきたようだ。

克彦は青いストライプのパジャマ姿だったが、こんな油断した姿でも気迫みたいなものを感じる。濡《ぬ》れた髪が、より黒さを増して見えるせいだろうか。

水も滴るいい男ってこういう人のことなんだろうな、なんて感心してしまう。

「おまえも入ってこい」

悠希の狼狽《うろた》えっぷりがおもしろかったのか、克彦は軽く鼻で笑って風呂を勧めてくれる。いちいち馬鹿にしているような態度に少し腹が立ったが、とにかく悠希もお風呂に入ることにした。

だが数分後、悠希はブラウスを脱いだ姿で、寝室の克彦の元を訪れた。

「どうした？」

窓際の小さなデスクで、書類のような物を見ていた克彦は、あからさまにおかしな格好でやってきた悠希に、胡乱《うろん》な眼差しを向ける。

「ブラジャーが、外せなくて……外して貰えませんか？」

こんなことを頼むなんて、恥ずかしくて消え入りたい気持ちだが仕方がない。

二つあるホックの上に続いて下を外したと思ったら、さっき外したはずの上のホックがはまっていて、見えない誰かに悪戯されているみたいで気持ちが悪くなり、脱衣所を飛び出してしまった。

そう切実に訴えると、克彦は呆れた顔をしながらも、外してやるから後ろを向けと立ち上がる。

「上と下を一緒に外せばいいだろう」

「そう言われましても……」

それができれば苦労はしない。

撮影スタジオでは、着けるのも外すのも人がやってくれたから気付かなかったが、ブラジャーのホックは小さくて薄くて、すさまじく扱いづらい。見えない手探り状態で、女の人はよくこんな物の着け外しができると感心する。

ホックがぷちんと外れる感覚に、パッドが落ちないようブラジャーを押さえながら、悠希は大きく息を吐いた。

「あー……開放感……このゴムの締め付けがかゆくって」

「ここか？」

「ひゃ！」

ブラジャーの痕《あと》を指でなぞられ、思わず変な声を出してつま先立ってしまった。

慌てて口を押さえて起こさなかったかベッドの蒼介を見ると、ぐっすり眠っているのを確認してから、何をするんですと克彦に非難の眼差しを向ける。

「悪かった。赤くなってるなと思って。大丈夫か？」

克彦の表情から、本当に心配だから触れてきただけで変な意味はないと心を落ち着けた。

「はい。ちょっとかゆい程度で、大丈夫です」

「ところで、外せないということは、着ける方はどうなんだ？　自分で着けられるかやってみろ」

そういえば、これから毎日これを装着しなければならないのだ。げんなりしたが、これも仕事の制服と思えば耐えられる……はず、と自分をごまかして着けてみることにした。

「よっ、と。あ！　できた……」

一発でホックがはまった喜びに、つい大きな声を出しそうになったが、蒼介が眠っているので声を押し殺す。

「うまいじゃないか。今度はその調子で外してみろ」

克彦はさっきの心配げな表情とは違い、にやついて完全におもしろがっていた。

だが、これも仕事。

さっき外して貰ったときの感覚を思い返してチャレンジしてみたが、外れない。

はまったものなら外れるはずだろうに、とムキになって横からが駄目なら上から手を伸ばしてみれば——と試行錯誤を繰り返す。

「よ……あっ、駄目、だ……あっ、もう、ちょっと……んっ、あっ！　ん……」

「……変な声を出すのも、身体をくねくねさせるのもやめろ……」

そんなこと言われても、自然と出てしまうのだから仕方がないと反論しようと振り返ると、克彦は気まずそうに視線をそらしていた。

見てはいけないものを見てしまったという表情に、悠希は自分の姿を客観的に想像してみる。

——下はスカートで、上半身はブラジャーのみの姿。それで、男の前で身をくねらせていたわけだ。

理解すると同時に、顔から火を噴きそうな程の恥ずかしさに襲われた。

「じゃあ、あのっ、お世話をおかけしました！」

とんでもない状態に遅ればせながら気付いた悠希は、寝室を飛び出した。

「なんて、格好……」

脱衣所の鏡に映る自分の姿に、洗面台に手をつきがっくりと落ち込む。

しかし、恥ずかしい思いはしたが、ブラジャーの着け外しについてのコツはつかめた。鏡を見ながらだが自力で外せた。

今度はパンストの薄さに苦労しながら、何とか脱ぎきる。

結婚指輪は入浴中に外れやしないかと気になったが、しっかりはまっているようなのでそのままはめておくことにした。

「あ、化粧は落とさないとね」

メイク道具の中からメイク落としを探しだし、スタイリストに教わったとおり丁寧に拭《ふ》き取ると、一皮むけて皮膚呼吸ができるようになったみたいな爽快感に、体中の力が抜けた。

「女の人ってば……すごい……」

こんなメイクやブラジャーを毎日しているなんて、それだけで尊敬する。

明日からは自分もこれをしなければならないのかという憂鬱《ゆううつ》な事態は、今は忘れることにして、疲れを取るべく温かな湯船に身を沈めた。

広くて白くてぴっかぴかのバスルームでゆっくり入浴をすませ、もう克彦が寝ていてくれますようにと祈りながら寝室へ向かう。

寝ていることを想定してそっとドアを開けると、克彦はベッドに入ってはいたが上半身を起こし、蒼介の寝顔を眺めている。

優しい眼差しに思わず頬が緩む。だが悠希がのぞき込んでいることに気付くと、克彦はふ

んと気まずそうに鼻を鳴らして顔を上げた。

「何をしている。さっさと入れ」

「はい」

部屋へ入り改めて克彦を見て、用意されていた自分のパジャマが、克彦と同じデザインの色違いだと気が付いた。

ピンク色だがシンプルな前あきパジャマに、ネグリジェとかじゃなくてよかったと安堵したのだが、ブルーとピンクの色違いペアルックもなかなかの破壊力だ。

新婚さんパワーに打ちのめされ、このまま気絶する勢いで寝てしまおうとしたが、布団に潜り込む前に克彦に声を掛けられた。

「明日は八時に家を出るので、七時には起こしてくれ」

「分かりました。朝食は蒼ちゃんに合わせたものでよろしいですか？」

「ああ」

ばたばたしていたので、朝のことについて話し合っていなかった。

朝食作りも新妻の役目。

蒼介を起こさないよう、小声でぼそぼそと翌朝の子細について打ち合わせた。

克彦の朝食を作るには、自分は六時には起きた方がいいだろう。携帯電話で目覚ましをセットし、悠希もそっと蒼介の隣に身体を横たえた。

ベッドサイドの明かりを落とすと、室内には足元にある間接照明の柔らかなオレンジ色の光だけになる。

男とひとつベッドといっても、間に蒼介がいるおかげで、あまり気まずさを感じずにすんだ。しかし、明日は二人なのかと思うと、少し気が重い。

まだ時刻は二十二時過ぎと大人の就寝には少し早い時間だったが、ばたばた続きの一日にもうくたくただった。

だが身体は疲れているのに、慣れない環境のせいか眠りは訪れない。蒼介の方に寝返りをうつと、同じく横を向いていた克彦と目が合った。

「泥棒というわけでもなさそうだから……従業員に、横領でもされたのか?」

「え?」

「『悪い人』の話だ」

こちらも寝そびれているようだ。眠れないつれづれに克彦から振られたのは、結婚式を挙げなかったことの言い訳として、とっさに出してしまった話についてだった。

それは、このところずっと悠希と、悠希の家族を苦しめてきた問題。

思い出したくもない出来事だったが、それでも今日の奇妙な出来事に比べれば何でもないことに思えて、悠希は問われるままに話し始めた。

「父が、一緒に会社を経営していた人に、会社のお金を持ち逃げされたんです」

会社といっても、悠希の両親を含めて社員五人の小さなインテリアデザイン会社。

同じ大手建設会社のデザイン設計部で働いていた悠希の父親と先輩社員の中田《なかた》が、早期退職して一緒に興した、父親にとっては夢の会社だった。

中田と父親は入社当時から気が合って家族ぐるみの交流があり、悠希も子供の頃から中田を知っていた。家に来ると「自分には娘しかいないから、おじさんとキャッチボールしてくれないか？」なんて言って、遊んでくれる優しいおじさんだった。

だが中田は帳簿を改ざんして会社の資金に手を付けただけでなく、取引先の商品まで勝手に転売して金に換えていた。

先方からの問い合わせでことが明るみに出たとたん、中田は雲隠れしたため、取引先への弁済はすべて悠希の親が担うことになった。

結果として借金を背負い、信頼も失った会社は倒産。

悠希の家庭は、狭いながらも庭付き一戸建ての家を失い、自己破産にまで追い込まれた。

両親は、息子達には迷惑をかけまいとがんばってくれたが、毎日金策に走り回る両親を黙って見てはいられず、悠希は一時中退して自分で学費を稼ぐ決意をした。

「犯人はもう捕まったのか？」

『優しいおじさん』だった人が、『犯人』と呼ばれることに寂しさを感じる。でも、それが現実。

「いいえ。でも、もういいんです」

「いいって、何がだ」

業務上横領で告訴はしたが、この程度の犯罪に警察は本気で取り組んでくれない。迷惑をかけた取引先の手前、届けを出したが見つかると期待はしていない。

「捕まえたところでお金は戻ってきませんし、法的な裁きは受けなくても、社会的制裁は受けていますから」

中田は投資に失敗して借金を重ね、その返済のために横領に手を染めた。やくざ絡みの危ないところからも借りていたそうだから、厳しく取り立てられて、奪った金は一円も手元に残っていないはず。

奥さんは娘を連れて実家へ帰り、同業者には悪事が知れ渡っているので、もう建設業界で働くことはできないだろう。

今までの人間関係も積み重ねた経験も、中田はすべて失った。

それに引き替え、悠希の父親には多くの同業者が救いの手をさしのべた。最低限の負債額ですむよう手を回したり、古いが条件のいいマンションを斡旋してくれたりした。

「父と他の従業員も知り合いの会社に雇って貰えましたし、母もパートですが働きに出て忙しくて、彼が見つかったところで裁判を起こす意味も余裕もないんです」

中田の横領について、両親は信頼して帳簿を任せきりにした自分たちも悪かったと反省し、高く付いたが人生の勉強になったと思うことにしたようだ。

「しかし悪人が野放しとは、すっきりしない話だ」

「でも、怪我《けが》とかさせられたわけじゃないし、家族が食べていけて弟が高校に通えるなら、それで十分です」

半分強がりだが、半分は本音。元気が一番——。

そう思うと、弟の『元輝《げんき》』のことが頭に浮かぶ。

元輝は、これといった才能のない自分と違って水泳の才能があり、スポーツ特待生として名門の私立高校に通っている。無事に卒業させてやりたい。

何もかも失った家族にとって、彼は希望の光だった。

「確かに、弟の幸せは大切だが、おまえの幸せはどうなる?」

思いも寄らない質問を、真摯《しんし》な目で見つめられながらぶつけられ、戸惑いに口ごもる。

「それは……でも、私だって高校の学費は親に出して貰いましたから。それに今時、自分で学費を稼いでいる学生はたくさんいます」

「今は働いて、いずれは復学を目指しているわけか」

悠希の通っていた大学では、休学は一年しか認められない上に、一部の学費は払わなければならなかったため退学を選んだだけ。

両親は学費を払ってやれない自分達のふがいなさを責めたが、少し回り道をするだけで夢を諦めるわけではないから、と悠希は前向きだった。

「ここで蒼ちゃんのお世話をした経験が、将来教師になったときに役立つかもしれませんし。今はとにかく、このお仕事を全力でがんばりたいです！」

思わず力んで声が大きくなってしまった。はっとして蒼介を見ると、顔をしかめて腕を伸ばした。

「……んー、う……」

「ごめん……うるさかったね」

調子に乗って話しすぎたようだ。むずかって寝返りを打った蒼介の背中をぽんぽん叩いてなだめると、またくったりと枕に突っ伏して眠り始めた。

ほっと息をつくと、蒼介が起きないか固唾《かたず》をのんで見守っていた克彦も、ほうっと長い息を吐く。

互いに目線でもう寝ようと言い交わし、目をつむる。

父親が騙されたなんてことは言いたくないし、言ってどうなることでもないと、友達にもここまで詳しい話はしなかった。

だが克彦とはまだあまり親しい間柄ではないせいで、逆に気負えず言えたのかもしれない。

何にせよ、ずっと胸につかえていたものをはき出せて、気持ちが軽くなった気がする。

悠希は大きく息を吐くと共に、深い眠りに落ちていった。

目覚ましが鳴るまでぐっすり眠った朝。

隣では天使と見紛う可愛い子供が、そのまた隣では悪魔かと思うほど意地悪なこともある男が寝ている。

現実味がまるでない現状を受け入れるべく、悠希は自分のほっぺたをむにむに摘んで意識を覚醒させた。

二人が起きるまでに、朝食を作るだけでなく女装までしなければならないのだ。寝心地のいいベッドとの別れを惜しむ身体を気合いで起こし、まずは化粧をするべく洗面所へ向かう。服はタートルネックのインナーにセーター、それにスキニーのジーンズという無難な格好を選んだ。

だが、その男がしてもおかしくない格好でも、ぽんと出っ張った胸が目に入ると、女装しているという現実を突きつけられているようで落ち込む。

ブラジャーのホックを一撃ではめられた喜びも色あせる衝撃だったが、うじうじ落ち込んでいる暇はない。

この出っ張りは、心臓を守るプロテクター。メイクだって、気分を上げるためのフェイスペイントの一種と思えば、なんてことはない——と自己暗示をかける。

鏡の前で、塗ったり描いたり順番を思い出しつつ何とか見られる顔を作ってから、キッチンへ向かう。

「そのまえに、と」

大事なことは先にしておこうと、リビングの加奈子の祭壇に足を運ぶ。

花瓶に生けられているこの花の名は、マーガレットだったかガーベラだったか。花については よく知らないが、まだ生き生きとしてつぼみも開きかけている。

萎《しお》れてきたら買い替えればいいだろうと判断して、花瓶の水だけを替えた。

「蒼ちゃんのお世話がちゃんとできるように、見守っててくださいね」

蒼介が夕食の際にしていたように手を組み、お祈りをしてから朝食の準備にかかった。

「朝ご飯は、焼き魚にお味噌汁に玉子焼き、が定番。（納豆と豆腐は食べた経験なし）ね」

またも『蒼介メモ』を手に、朝食のメニューを確認する。

まるきりの日本食で意外だったが、いずれ日本で暮らすことになる蒼介のため、なるべく日本の料理を作るようにしていたのだろう。ホームベーカリーで焼いたパンと目玉焼き、なんて日もあったようだ。

今朝は冷蔵庫にあった鮭の切り身を焼き、豆腐は味噌汁にして、蒼介には人生初の豆腐にチャレンジして貰うことにした。

七時前に何とか朝食を準備し終え、克彦を起こしに行こうとしたところに、蒼介を抱いた克彦がリビングに現れた。

克彦はすでにワイシャツとズボンに着替えていたが、蒼介は昨日の服のままだ。

「おはようございます」

「おはよう」

「……はようございます」

まだ寝ぼけ眼《まなこ》であくびをしつつ朝の挨拶をする蒼介を椅子に座らせると、蒼介は隣の椅子を見てぱっちりと目を開いた。

「蒼ちゃんのリックは？」

蒼介の昨日の記憶は、この椅子の上まで。隣の椅子にあるはずのリュックがないことに驚いたようだ。

「蒼ちゃんの！　蒼ちゃんのリックー！」

「えっと、待って。寝室、じゃなくて……蒼ちゃんの部屋だ！」

椅子から飛び降りようとする蒼介を抱え込み、克彦に目線で取ってきてくださいと頼む。

「ほらっ、蒼介。ちゃんとあるぞ」

克彦が取ってきたリュックを見ると、蒼介はようやく暴れるのをやめてくれた。

しかしリュックをぎゅっと抱きしめたまま、隣の椅子に置くこともしてくれない。やむを得ず、リュックを背負って食事させることにした。

「蒼ちゃん、お豆腐食べられる？」

「おとうふ？　しろくてかわいーね。……でも、とれない……」

「お豆腐はやわらかいからね」

箸ではまだ上手くつかめないので、豆腐の味噌汁はスプーンで食べさせることにした。

蒼介は豆腐が気に入ったようで、あっという間に味噌汁を平らげた。

「玉子焼きも食べてくださいね」

味噌汁だけではいけない。少し箸を付けただけの玉子焼きを勧めたが、蒼介は困惑した様子で俯く。

「たまごやき……」

「玉子焼きは、嫌いじゃないよね？」

どうしたんだろうと首をひねると、それまで無言で食事をしていた克彦が立ち上がった。

「俺が作ろう」

「え？」

「ママの玉子焼きと違うから、嫌なんだろ？」

「イヤじゃない。でも……んー、へん？」

どうも玉子の焼き加減がママの物と違うから気にくわないが、言い出せずにいたようだ。

こんな小さな子に、気を遣わせてしまって申し訳なさに落ち込む。

「あのっ、玉子焼きの作り方、見せてください！」

どんな玉子焼きを作るのか見たくて、さっさとキッチンへ向かった克彦を追いかけた。

克彦は普段から料理をするようで、慣れた手つきで片手で卵を割る。砂糖を入れてよくかき混ぜた卵液を一度にフライパンに落とすと、スクランブルエッグを作るみたいにかき混ぜながらまんべんなく火を通す。それから、折りたたむというよりくるくると巻いていく。

できあがりは、玉子焼きと言うよりオムレツみたいだ。

「これが、姉がよく作ってくれた玉子焼きだ」

「ママのとおんなじーっ」

目の前に置いてやると、蒼介は嬉しそうに玉子焼きに箸を付けた。大きく切り分けて、とろんとした玉子を頬張り、その熱さにはふはふしながら微笑む。

ママの味をこんなに喜ぶなんて、何でもないように見えても、やっぱり母親が恋しいのだ。

「おいしいか？」

「うん！」

昨日カルボナーラを食べていたときの笑顔より、今の方が断然嬉しそうで、がっくりと打ちのめされる。

「……克彦さんも、お姉さんにこの玉子焼きを作って貰っていたんですね」

「子供の頃にな」

克彦は、幼い頃にずいぶんとお姉さんに可愛がられたようだ。だからその子供の蒼介を慈しんで育てることで、昔の恩を返そうとしているのだろう。

蒼介を懐かしむような眼差しで見つめて席に戻った克彦は、蒼介の残した分の玉子焼きを食べ始めた。

「あのっ、それは私が！」

「これはこれで美味《うま》い。気にするな」

克彦はそれきりもくもくと食事を続けたが、さっきよりずっと雰囲気が柔らかく感じた。

食事を終えて身支度を整えると、克彦は少し早いが出社すると鞄《かばん》を手に取った。

「克彦パパはお仕事に行くから、お見送りしようね」

「するー！」

玄関に向かう克彦の後ろを、悠希と蒼介がぞろぞろお供について行く。

「じゃあ、行ってくる」

「てらーしゃい」

「悠希」

「は、はい！」

甘い声色で名前を呼ばれ、背筋をピンと伸ばしてしまう。

——ついに、このときが来てしまった。

夫婦の決まり事として克彦が挙げた中に、『いってらっしゃいのキス』があった。

新婚さんにはつきものな気はするが、子供の前ですることだろうか、なんて今更ながらに疑問が頭の中でぐるぐる回って、三半規管までおかしくなる。

「どうした、悠希。まだ寝ぼけてるのか？」

ふらついたのを支える振りで抱き寄せられ、蒼介からは見えない位置で、さっさとしろと睨まれた。

キスしなければ、とって食われる！　そんな生存本能的な恐怖に駆られ、悠希は助かるべく行動に出た。

「い、いってらっしゃ、い。あなた」

軽く背伸びをして頬にキス——したつもりだったが、頬を鼻で突いてしまった。

「あっ、す、すみません！」

「……今日は蒼介がいるから、悠希は照れてるみたいだな」

口調は明るいが、目はまったく笑っていない克彦の笑顔に背筋が寒くなる。

ちょっとおいで、と口調こそ優しいが強い力で腕をつかまれ、悠希は廊下へ引っ張り出された。

「今のは何だ？　童貞だからって、ほっぺたにキスくらいまともにできないのか！」

高校の部活動とはいえ、演劇部だったんだろうと詰め寄られ、今言うしかないと覚悟を決めた。

「三年間演劇部所属でしたが大道具がメインで、舞台では『村人A』とか台詞《せりふ》のない役しかやったことがないんです！　面接の時に言おうとしたんですが、その前に採用が決定してしまって！」

「そういえば、何か言おうとしていたような……」

しかしあのときは時間がなかったから、とこめかみを押さえる克彦にひたすらすみませんでしたと謝るしかない。

「まあ、過ぎたことは仕方がない。だが、帰ったら特訓だ！　蒼介のために、俺にはよき妻が必要なんだからな」

「はい！　よろしくお願いします！」

勢いよく頭を下げて克彦を見送ると、隠しごとがなくなった安堵に心が軽くなる。けれど、気を緩めるわけにはいかない。

演技の特訓なんて、何をさせられるのか。不安はあるが、これも仕事。何でもしなければ。

『よき妻』を失敗した分『よき叔母』としての仕事はしっかり果たそうと、悠希は部屋へ戻った。

まずは、昨日お風呂に入らず寝てしまった蒼介を、お風呂に入れてあげないと。

「蒼ちゃん。お風呂に入ろうか」

「蒼ちゃん、おふろはいるー！」

お風呂好きらしい蒼介は、嬉しそうに自分から服を脱ぎだす。

リュックはさすがに風呂場に持って入れないと分かっているようで、素直に脱衣所のかごに入れてくれた。

そんな様子を見守っていると、蒼介はズボンを脱ぎかけのまま手を止めた。

「悠ちゃんは、ふくをきたままはいるの？」

悠希が服を脱がないのが不思議なようだが、服を脱いだら男だとばれてしまう。着衣のまま見守るしかない。

「え？　ああ……私は……夜に入ったから今はいいんだよ」

「いっしょにはいろう？」

不満そうに見上げてくる無垢な眼差しが辛いけれど、何とかごまかして逃げなければ。

「えーと……悠ちゃんは、克彦さんのお嫁さんだから、他の男の人の前で服は脱がないんです。いい子だから、聞き分けて。ね？」

「いい子は、いうことをきく子……蒼ちゃんはいい子だから、ひとりではいれる……」

こんな小さな子を「男の人」扱いするなんてむちゃくちゃな言い分だが、他に上手い言い訳を思いつかない。とにかく必死にお願いすると、蒼介は不承不承ながらも納得してくれた。

だがさっきまでと違い、しょんぼりのろのろズボンを脱ぐ蒼介に、偽胸のパッドが胸にのし掛かる鉛みたいに重く感じる。

「頭や身体は、悠ちゃんが洗ってあげるから」

「ホント？」

服を着たままだが風呂場に入った悠希が、服が濡れるのも構わず蒼介の頭や身体を洗ってやると、それなりに満足してくれたようだ。笑い声を立てながら水しぶきを上げる蒼介にびしょ濡れにされてしまったが、楽しく入ってくれてよかった。

お風呂から上がった後は、買い揃えてあった服に着替えさせ、髪を乾かしてやる。

それから自分も濡れた服を素早く着替えた。

人心地付いてから、今度は蒼介を子供部屋へ案内することにした。

絵本にブロックにミニカー、とたくさんのおもちゃに大興奮した蒼介は、全部おもちゃ箱から引っ張り出す。

おもちゃをとっかえひっかえ遊ぶ蒼介に付き合っている内に、あっという間に昼時になった。

「蒼ちゃん。一緒にお買い物に行こうか？」

「いかない」

まだ冷蔵庫に食材はあるが、近所のスーパーの品揃えが見てみたい。散歩にもなるのでちょうどいいと思ったのだが、あっさり断られた。

「あっ、蒼ちゃんはお外に出たことがないんだっけ」

「悠ちゃんも、いっちゃダメ。かちゅひこパパか、せーじさんがいっしょじゃなきゃ、悠ちゃんもおそとでちゃダメ」

どうやら加奈子もアニタも、男性の付き添いなしには外出をしなかったようだ。だから女性に分類されている悠希も、当然駄目ということらしい。

いくら日本は安全だから大丈夫と言い聞かせても、まさに三つ子の魂百まで。頑として聞き入れてくれない。

不安な気持ちは分かるが、買い物に行けないのは困る。

後で克彦に相談することにして、昼食は乾麺があったのでわかめうどんと温野菜、デザートにリンゴと簡素なものにしておいた。

昼食をすますと、蒼介はクレヨンでお絵かきを始めた。

「きれいなお花だね」

「おはなじゃないよ」

青空に向かって伸びる太い茎に、何枚かの花弁がくっついている様に見えるので、てっきり花だと思った。間違いに不満げに口を尖《とが》らせる蒼介に、慌てて謝って正解を訊ねる。

「そうなんだ、ごめんね。じゃあ、これは何かな？」

「フーシャ。パパが作ってるの。だから蒼ちゃんも、大きくなったらフーシャ屋さんになるの」

「フーシャって……ああ、風車ね。……風車屋さん？」

言われてみれば、蒼介の絵は花ではなく風車だ。

しかし風車屋さんと聞いて、荷車に風車を積んで売り歩くメルヘンな映像が脳内に浮かび、悠希は首をかしげた。

だが蒼介はそんな悠希に気付かず、興奮気味に腕を振り回しながら話す。

「パパが、しゃしんみせてくれたの。こぉーんなにっ、おっきいんだよ！　それがねぇ、たっくさんならんでるの！」

「大きな風車……そうか、風力発電！　パパは風車で電気を作ってるんだね」

「パパがいっぱいおしごとして、テーデンをやっつけるの！」

「蒼ちゃんのお家は、よく停電したの？」

「ローソクいっぱいあるから、へーき」

蒼介のいた地域は、停電するのが当たり前のようだ。政府が発電に力を注ぐのもうなずける。水島の仕事の重要性が分かって、悠希も彼を応援したい気持ちになった。

お絵かきの後に、公園がダメならマンション内のキッズルームに行ってみようかと提案したが、蒼介は家から一歩も出なかった。

運動不足にならないか心配だが、蒼介はまだ日本に着いたばかり。あまり一度に違う環境にさらすのもよくないだろうと、一日中部屋で過ごした。

「蒼ちゃんが、外へ出たがらないんですが」

会社から帰った克彦を玄関まで迎えに出ると、悠希は『お帰りなさいのキス』を要求される前に相談をかけた。

「ああ……蒼介はこれまでずっと家の中にいて、庭くらいしか出たことはないそうだからな。いきなり出ろといっても無理だろう」

廊下を歩きながら、克彦の鞄を受け取ってコートも脱がせ、とかいがいしく『新妻』を演じる。

これで勘弁して貰えるかと思ったが、そう上手くはいかなかった。

「お帰りなさいのキスはどうした？」

「……蒼ちゃんが見てないんですから、いいじゃないですか……」

蒼介はリビングの床に座り込み、子供部屋から持ち出したブロックで何やら作るのに夢中になっていて、克彦の帰宅にも気付いていない。

「だから、必要なんだ。パパが帰ってきたらママは嬉しそうに迎える。そんな家庭を見せたい。――蒼介、ただいま。悠希も」

言うなり、克彦は悠希の肩を抱き寄せる。至近距離で見つめ合うことになり、思わず生唾《なまつば》を飲む。

「お帰りなさい、克彦さん！」

他人とこんな至近距離で見つめ合うなんて、滅多にない。気まずいし恥ずかしいが、朝の失敗の二の舞は許されない。悠希は克彦の頬に、鼻をぶつけないよう思い切り尖らせた唇を押しつけた。

「……タコか……」

あんまり唇を尖らせたせいで、ぼそりと不満を漏らされたが、蒼介からはそこまでは見えなかったはず。

とにかくやったんだから放してくださいと視線で懇願し、何とか解放して貰えた。

「おかえりー、かちゅひこパパ。おしろできたよ、みて！」

「お、立派なお城だな」

蒼介は走り寄って克彦の手を取り、自分で作ったブロックの城の前へ連れて行く。

そのまま克彦が蒼介の相手をしだしたのを見て、悠希は蛸《たこ》があったら酢蛸にしてやるのにっ、と心の中で蛸に八つ当たりしつつ夕飯作りに取りかかった。

蒼介が外へ出たがらなかったから買い物に行けなかったので、また冷蔵庫のあり合わせでオムライスとサラダを作る。

食事中は、克彦に蒼介と日中どう過ごしたかを報告した。

夜のお風呂は、悠希では一緒に入れないことを考慮し、克彦が入れてやることになった。

脱衣所で蒼介が上がってくるのを待っている間、キャーキャーはしゃぐ声と水音が聞こえて、楽しそうな様子に頬が緩む。

初めは子供の相手なんてどうすればいいのかまったく分かっていなかった克彦が、なかなか上手く蒼介を扱いだしたのに奮起させられる。

「このままじゃ、下手するとお役ご免になっちゃうかもしれないよね」

克彦が、自分と普通のベビーシッターだけで大丈夫なんて自信を持ったら、二年を待たずに職を失ってしまうかもしれない。

せっかくありつけた高給の仕事。新婚さんの演技は辛いが、蒼介は可愛い。クビにならないように、がんばらなくては。

頭と身体を洗い、しっかり温まって出てきた蒼介を、脱衣所で待っていた悠希が受け取る。

「かちゅひこパパね、タオルでクラゲつくってくれた！」

「そう。よかったね」

蒼介の話に耳を傾けながら、大きなタオルでくるんで全身くまなく拭き、髪にドライヤーをかけてやる。そのうちに克彦も風呂から上がってきた。

脱衣所も広いので邪魔にならないだろうと思ったのだけれど、風呂から上がった克彦が何故か扉の前で立ち止まっているので、移動することにした。

「蒼ちゃん、パジャマはリビングで着ようか」

「はーい。蒼ちゃん、じぶんできる」

蒼介は自分でパジャマを着られる、とパジャマを抱えて脱衣所を飛び出す。

「邪魔をしてすみません。……パジャマならそこに出しておきましたが？」

髪をタオルで拭きながら、素っ裸で立ち尽くしている克彦に、何が気に入らないんだろうと首をかしげてしまう。

「……つまらん反応だな」

「はい？」

「裸の男が出てきたら、少しは恥じらえ」

「あっ、演技しろということだったんですね！　でも、女性でも夫の裸にならら動じないのでは？」

「それでも、恥じらいが見えた方が新婚ぽくていいだろう」

どうも蒼介のためというより、単に克彦の好みの問題に思える。それは職権乱用なのでは？

「家の弟が風呂上がり裸族派で、そのまんまの格好で冷蔵庫の牛乳を取りに台所へ出没したりしてましたから、見慣れすぎてて」

「悠希もか？」

「私はしませんので、安心してください。だいたい私は、フルチンは安定感が悪いから苦手で、トランクスよりブリーフ派なくらいですから――」

「その顔で男丸出しの話題はよせ！」

力強く遮られ、何が気にくわないのかと見つめれば、克彦の方が目を逸らした。

「……見た目が女でも、やっぱり男だな。分かったから、そうじろじろ見るな」

見せといて見るなとは何だ。しかし、元輝や自分よりかなり立派なものをお持ちだな、と少し落ち込んで視線を外した。

ともかく、このセクハラっぷりでは、女性のベビーシッターを雇わなかったのは大正解だ。しかし、こんなセクハラをしかけたくなるほど自分の女装はよくできているのだと思うと、ちょっと嬉しい。

互いに変な雰囲気に気まずくそっぽを向き合っていると、リビングから蒼介の「できたー」と元気な声が聞こえたことから正気に戻る。

どうやら一人で上手にパジャマを着ることができたようだ。

これは盛大に褒めてあげなくては。

本来の蒼介の世話という仕事に戻るべく、悠希はリビングへ向かった。

着替えてから蒼介は積み木遊びをしていたが、二十時近くになるとしきりにまぶたを擦《こす》り始める。

「蒼ちゃん。もうお休みしようか」

「まだ、ねむくない。つみきする」

もう頭もまっすぐ保てないのか前のめりになっているのに、遊びたくて必死のようだ。積み木を三段積めるまで寝ないと言い張る。

「遅くまでお休みしない子は、克彦パパに叱って貰おうかな」

二人のやりとりを横目に、ダイニングテーブルで持ち帰った仕事をしているらしい克彦に、助けを求める。

「……パパとしての威厳を見せてください」

「どうして俺に憎まれ役を振るんだ！」

克彦の側へ寄って耳打ちしたが、克彦はそんなことをして俺が蒼介に嫌われたらどうする、と取り合わない。

「まだ眠くないなら、無理に寝なくてもいい」

「ねむくない」

にこっと嬉しそうに微笑む蒼介に、克彦は満足げに頷く。

子育てにはパパの参加も必要だろうとネタを振ったのに、甘やかすだけとは情けない。

夜更かし癖がついて朝起きられなくなったら、小学校へ行く際に困るはず。

その時には悠希はもう解雇――いや、離婚したということになるのだろうか？　とにかくお役ご免になっているはずだが、どんな躾をしてきたんだと蒼介の実父に思われたくない。蒼介は眠くて手元がおぼつかないのか、思うように積み木を積むことができないのに、それでもやめない。

意地になり、もう自分で自分をもてあましているようだ。

悠希は、蒼介が自主的にベッドへ入るよう誘導すべく、何気ない振りで蒼介に背を向けてリビングの床に座り、絵本を読み始める。

「あれえ？　このアヒルさんはどうして泣いてるのかなぁ」

絵本をめくりながら、わざとらしく気になりそうな内容を口にすると、蒼介はつられて絵本をのぞき込みに来た。

「えっとねえ……このネコさんがいじわるしたんだよ！」

「そうかなぁ？　こっちのリスさんと喧嘩したのかもしれないよ？　はじめっから読んでみようか？」

「うん」

悠希の背中におぶさって絵本を見る蒼介の身体は、お風呂上がりということもあるが、とても温かい。心地よい熱の塊を背中に乗せて、ゆらゆら揺らしながら読んでやると、蒼介はうつらうつらと居眠りをしては、はっと顔を上げるのを繰り返す。

「続きは蒼ちゃんのお部屋で読もうか」

「……んー……」

これはもう、寝たも同然。積み木のことも忘れたのか、背中におぶさったままの蒼介を、そのままおんぶして子供部屋へ連れて行った。

今日から一人で寝かすことになっているが、寝付くまでは側にいてあげたい。

ベッドの横に椅子を引き寄せ、蒼介に見えるように絵本を広げて読み聞かせを続ける。

ぼんやりと夢うつつの蒼介が、悠希に向かって手を伸ばす。

どうしたのかと身を乗り出すと、胸を――正確にはパッドを詰めたブラジャーを摑まれた。

「わ、私は、おっぱい、出ないよ？　女の人でも、おっぱいは赤ちゃんを産まなきゃ出ないのよ！」

女性らしさを出そうと意識すると、おかしなしゃべり方になってしまう。

蒼介に不審そうな顔をされてしまい、己の演技力のなさに地の底に潜りたいほど落ち込む。

「ごめんね。悠ちゃんは、おっぱい出ないんだ……」

もう母乳が必要な年齢は過ぎていると思うが、眠くなると欲しくなるのか。

こんなときは、どう対処するのが正解なのか戸惑ったが、眠たげな蒼介はただ胸を触り続けるだけ。

「ん……ここ、きもちいーの」

「あ……触りたいだけなのね」

そういえば、親戚の子供にお気に入りのタオルがないと寝ない子がいた。手触りのよいものを手にすると、落ち着くのかもしれない。

しかし、蒼介の顔は、とても気持ちがよさそうには見えない。むしろ、不満げだ。もう赤ちゃんじゃないのに胸を触りたがることが恥ずかしいのか、ママを思い出しているのか——あるいは触り心地が悪いのか。

訊いてみたいが、下手に質問してママのことを思い出させてはいけない気もする。好きに触らせておきながら絵本を読み続けると、最後まで読み終わる前に蒼介は眠ってしまった。

蒼介を寝かしつけてから、相談事ができた悠希が克彦を探すと、克彦は書斎に移動して仕事を続けていた。

「蒼介は寝たのか?」

「はい。それで……すみませんが、私の胸を触ってみて貰えませんか?」

「な、何だと?」

「蒼ちゃんが寝るときに、胸を触りたがるんです……」

悠希は、本物の女性の胸を触ったことがない。正確には、幼少期に母親のおっぱいを触っていたはずなのだが、そんな昔のことなど覚えていない。

このブラジャーにパッドを詰めただけの偽胸は、ちゃんと蒼介をだませているのか不安になったのだと事情を説明した。

「なるほど、そういうわけか。しかしブラを外してくれの次は、胸を揉めとは――とんだ花嫁だな」

昨夜のことを思い出してか、おかしそうに笑う克彦の屈託のない笑顔に驚く。

普段は怖そうなのに笑うと可愛いとか、女性はこういうギャップに萌えるのかな、なんて関係のないことに思考がずれていく。

「あのっ、早く胸を触ってくれませんか」

「積極的だな」

「変な意味に取らないでください！」

あくまでも蒼介のためのこと。妙に艶《つや》っぽい目つきで見てくる克彦に、真面目にやってくださいとお願いすると、克彦も咳払《せきばら》いを一つして気持ちを切り替えたようだ。

「では、触ってみよう」

「よろしくお願いします」

ばかばかしくとも深刻な問題なのだ。神妙な面持ちで向かい合い、服の上から胸を触って貰う。

「……トップの辺りはブラジャー越しに触ればこんな感じだが……サイドの辺りは怪しいな。……しかし、貧乳ならこんなものかな？」

「ひゃっ！」

パッドの部分は触られてもちょっと押されている程度の感覚だったが、脇腹の辺りに手を滑らされると、くすぐったさに身体が跳ね上がる。

「随分と、くすぐったがりだな」

「すみません。脇は弱くて……」

「そういえば、新妻の特訓をするということになっていたな」

ついでだから今やっておくか、と椅子に座った克彦の膝の上に座らされる。

いい年をして子供みたいで恥ずかしかったが、これも仕事か……と諦める。

「あの、これで……どうすれば？」

「まずは、俺に触られることに慣れろ」

克彦はまだ目を通さなければならない書類があるからと、悠希を膝に乗せたまま、また書類を読み出す。

左手は軽く悠希の身体に回して抱き寄せ、パソコンに向かう。

悠希も画面をのぞき込んでみたが『ルート開拓による新規加入店の拡大』『デザイナーズブランドの新作服』などの言葉が並んでいる。どうも克彦は、衣料品の流通関連の仕事に就いているらしい。

しかし、自分とは無関係の仕事など見ていてもつまらない。克彦の仕事が終わるまでこのままなのかとそっと嘆息すると、十インチほどのタブレット端末を渡された。

「退屈なら、これでネットでも見ていろ」

「ありがとうございます」

ちょうど知りたいことがあった悠希は、調べ物をすることにした。

真剣に画面に見入っていると、仕事が終わったのか克彦もタブレットをのぞき込んできた。

「――何を見てるんだ？」

「あ、子供向けの料理のサイトを。蒼ちゃんは生の野菜があまり好きではないので、食べやすくする工夫はないかと」

蒼介は、昼のブロッコリーとにんじんの温野菜は食べたのに、夕飯のキャベツの千切りは残した。初日もレタスを残したことから、生野菜が苦手なのだろう。食べず嫌いではなく、ちゃんと食べようとしているのがいじらしくて、何とか工夫して食べやすくしてあげたいと思ったのだ。

「どんなことが書いてある？」

「ドレッシングをしっかり絡めて味を付けるとか、盛りつけに工夫をするとか、いろいろできることがあるみたいでおもしろいです」

「最近の子供は過保護だな」

蒼介を猫可愛がりしているあなたが言いますか、とおかしくなる。ついクスッと笑ってしまうと、考えたことを察した克彦に睨まれ、慌てて画面に意識を戻す。

サイトには、にんじんの飾り切りのコツなどいろんな情報があり、なかなか勉強になる。

「こういうの作るのって楽しそうですよね。明日、早速やってみます！」

「おまえはなかなか努力家だな。——褒美に、時給を十円あげてやろう」

「そんなのいいです。蒼ちゃんに美味しく食べてほしくて調べてるだけですから」

克彦でもこんな冗談を言うのかと思うと、緊張が解けて身体の力が抜ける。

悠希の後ろからタブレットを見る克彦に、もたれかかりながらどんなサラダを作ろうかと模索する。

「こういう星形の型抜きって、家にありましたっけ？」

「どうだろう。必要なら何でも買っていいぞ」

ふと、至近距離で見つめ合っていたのに気付く。せっかく打ち解けてきたのに、意識すると固まってしまう。何となく気まずくて視線を逸らすと、太ももにさわっと何かが触れてすくみ上がった。

「うひゃっ！」

「脇だけじゃなく、太ももも弱いんだな」

「やっ、ど、どこ触ってるんですか！」

太ももから股間まで手のひらで撫でられ、冗談でもひどいと立ち上がろうとしたが、後ろから回された腕でしっかりと抱きかかえられて身動きが取れない。せめてもと、股間の手だけは全力で引っぺがす。

「放してください！　何するんですっ」

「いや……やっぱり男だな、と」

振り返ると、ものすごくがっかりした顔の克彦が目に入り、困惑する。

「あ、当たり前じゃないですか！」

「……まさかの、女装した男に見せかけた女性展開を期待したんだが……」

股間を触って、一物の存在を確認したかったらしい。わざわざ男の花嫁を募集しておいて、今更何を言っているのか。

「心配なさらなくても男です！」

「……そのようだな」

安心させるようきっぱり言い切ったが、何故か克彦は残念そうにため息をついた。

御崎家の定番となった夕飯前の絵本の読み聞かせを聞きながら、悠希は慣れた手つきで野菜を刻む。

相変わらず蒼介は外へ出てくれないので、買い物はネットスーパーを利用するか克彦に買ってきて貰っていた。今日のネット通販で取り寄せた産地直送のキャベツは、ぱりっとみずみずしく、見た目からして美味しそうだ。

蒼介が食べてくれるよう、甘めのドレッシングを絡めてしっかり味を付ける。

「うんとこしょ、どっこいしょ、まだまだ株は上がりません。そこで帝銀総裁は言いました。『大幅な金融緩和に踏み切ろう』」

「――何の読み聞かせをしてるんですか？」

聞き覚えのあるフレーズに続く言葉に、ものすごい違和感を覚え、思わず調理の手を止めてリビングを覗いてしまう。

悠希の質問に克彦が見せてきた表紙は、有名な経済誌だった。

「もっと四歳児にふさわしい本を読んであげてください！」

「小さい内から経済に興味を持つのはいいことだ」

「蒼ちゃん、そんなご本、読んでもらってもおもしろくないよね？」

「ううん。そーさいはデフレをやっつけるから、かっこいい」

「おお、すごいな、蒼介」

この子は将来、有能なトレーダーになるかもしれない、なんて親馬鹿を言い出す。これが英才教育というものか？　と思ったが、そんなわけはないだろう。

「子供の間は、子供向けの本の方がいいです。蒼ちゃん、『ウサギとカメ』のお話はどうかな?」

「ウサギ? 蒼ちゃん、ウサギさんすきー」

まだ夕飯作りの途中だったが、こんなおかしな読み聞かせを続けさせるわけにはいかない。

動物の絵本でつると、悠希の元に移動してぺったりくっつく蒼介に、克彦は寂しい眼差しを送る。

少し気の毒かと思ったが、克彦は何をひらめいたのか意地の悪い笑みを浮かべた。

「俺が読んでやるから、蒼介を抱いた悠希が俺の膝に座れ」

「ええっ?」

「みんなでよむー!」

子供はぎゅうぎゅうにくっつくのが大好きだ。大喜びする蒼介に、仕方なく従う。

親亀の背中に子亀を乗せて、ならぬ、父親亀の膝に嫁亀乗せて子亀を乗せて、という感じで三人が重なる多層構造読み聞かせと相成った。

悠希が蒼介の前で絵本を開き、克彦が読む。

「あの……これで読めるんですか?」

「読める。問題ない」

すぐ耳元で骨身に染みるような美声がして、背筋がぞくぞくする。時折、ページをのぞき込んで前屈《まえかが》みになる克彦の唇が、悠希の耳をかすめる。そのたびに、身体がびくっと強《こわ》ばる。

「んっ、あ……」

「悠希。もぞもぞするな。読みにくいだろ」

笑いを含んだ声に、わざとやっていると気付く。

くすぐったがりと知られてから、克彦は悠希の首筋に息を吹きかけたり脇腹に触れたりと、ことあるごとにくすぐってくるようになった。

でも子供みたいな悪戯をしかけられて緊張が解けたのか、朝夕のキスは自然にできるようになって、それはよかったと思うが——弊害もあった。

「もう夕飯の準備に戻らないとっ」

「えーっ、いっしょによんで！」

「夕飯はデリバリーにすればいいだろ」

夕飯の支度を言い訳に克彦の腕の中から逃げ出そうとすると、蒼介はともかく、克彦まで残念そうに引き留めてくる。

後ろから回した腕に、腰の辺りをがっちりつかまれて、立ち上がるのを阻止された。

「やあっ、駄目！　こ、腰、くすぐったっ、い」

腰をつかんだ克彦の手がくすぐったくて、蒼介を抱っこしたまま床に転がって逃げると、蒼介は遊んでくれていると勘違いしてきゃっきゃと喜ぶ。

「かちゅひこパパ！　もっとこちょこちょって、して！」

「駄目っ、あははははっ、そ、蒼ちゃん、あっんっ！　くすぐっちゃ駄目だったらぁ！」

抱っこした蒼介からまで、脇をくすぐられる。

克彦の悪戯を見ておもしろがった蒼介も、悠希の脇をこちょこちょしたりしてくるようになったのだ。床の上で身もだえながら、何とかしてくださいと笑いすぎた涙目で克彦に助けを求めると、克彦は蒼介を悠希から引きはがして膝に乗っけた。

「悠希……服をちゃんとしなさい」

「え、あ、本当。風邪引いちゃいますね」

暴れたせいで服がまくれ上がり、ブラジャーが見えかけになっていた。蒼介に偽胸を見られてしまう。

克彦も女装ばれを懸念してか眉間に深々としわを刻んでいるし、悠希は慌てて起き上がって衣服を整えた。

「じゃあ、すぐご飯にしますね」

くっつき虫共から離れられたので、これ幸いと夕飯作りにキッチンへ戻る。

今度はちゃんと『ウサギとカメ』の読み聞かせに戻った克彦を確認して微笑むと、またふんっと鼻を鳴らして目を逸らされる。

経済誌に駄目出しをしたのを、まだ怒っているのだろうか。

「もうっ、大人げないんだから」

「……大人だから、辛いんだろうが……」

聞こえるように言った悠希の小言に言い返す克彦の言葉は、小さすぎて悠希の耳には届かなかった。


「もう二じ？」

「ううん。まだ。あの長い針がてっぺんに来たら、二時だよ」

まだ時計が読めない蒼介に、時間を教えてやる。

今日の十四時に、アフリカにいる蒼介の父親の水島と、電話で連絡を取ることになっているのだ。

水島は郊外に建設中の発電施設に常駐していて、電話をするには衛星電話のある施設まで移動しなければならない状況で、克彦もメールで何度かやりとりをしただけ。蒼介を預かって半月近く経ったが、悠希はまだ水島と直接話したことは一度もなかった。

蒼介は久しぶりにパパと話せると聞いて、朝から何度も時間を尋ねる。

結局、十三時半から携帯電話を置いた机の前に座って待つことになった。

好きなお絵かきすら手に付かない蒼介に、やっぱりどれだけ自分たちに懐いていても、実の父親には敵《かな》わないのだと思い知らされる。

当たり前のことなのに、少し寂しい。

『もしもし――繋《つな》がってますか？』

「パパー！」

『蒼介か？　元気そうでよかった』

「蒼ちゃん！　叫ばなくても聞こえるからね」

十四時少し前にかかってきた電話を取ったとたん、悠希から電話を奪い取ってパパに呼びかける蒼介を膝の上に抱き、スピーカーにした電話を机に置いた。

『繋がってよかった。もし途中で切れても、心配しなくていいからな』

「まだ、てーでん、やっつけられないの？」

『うん。停電は強いけど、パパはがんばるから。えっと、周りに誰か大人の人はいる？』

水島はまずなにより蒼介と話したいだろうと、つい好きにさせてしまったが、挨拶しなければ。

見えないと分かっていても、電話に向かって頭を下げて挨拶してしまう。

「あのっ、は、初めまして。克彦さんの妻の、悠希と申します」

顔を合わせない電話だからまだましだが、嘘をつくのはやはり心苦しいもの。しどろもどろになりつつ何とか自己紹介をした。

『こちらこそ、初めまして。水島浩志と申します。蒼介を預かってくださって、ありがとうございます。蒼介、悠希さんの言うことを聞いて、いい子にしてるかい？』

「してるーっ！　蒼ちゃんいい子だよ。ね？」

同意を求める蒼介に、大きく頷く。

「蒼ちゃんは、すごくいい子で、びっくりしてるくらいです」

『そうですか？　きれいな人の前だから、猫を被ってるんでしょうね』

「や……きれいって……？」

社交辞令だろうけれど顔は見えないはずなのに、何故かと狼狽えて電話を凝視してしまったが、続く話で納得する。

『結婚式の写真を拝見しましたが、こっちの同僚が「この子は日本の女優か」なんて聞いてきたくらいでしたよ』

「いえ！　……そんな……」

あのときの写真は、もう向こうに送られていたようだ。人に見られたと思うだけで、身体がむずがゆい。早く話を変えたくて、自分から話題を振る。

「大変なお仕事だそうですが、そちらの様子はいかがですか？」

『こちらは順調です。悠希さんの方こそ、お父様のご容態はいかがです？　大変なときに蒼介の世話なんて大変なお願いをしてしまって、申し訳ないです』

「あっ、いえ、そんな。お気遣いいただいて、ありがとうございます。父はただの胃潰瘍だったのに大騒ぎして……大げさなんです」

本当のことを言うと、大騒ぎしたのは母親や自分たち周りの人間で、父親は最初から「胃潰瘍だ」と落ち着いていた。

しかし、金策に奔走して神経をすり減らし、やせ細った父親が血を吐いて倒れたと聞いたときには、本当に死んでしまうと思ったのだから仕方がない。

「今はもう仕事にも復帰して、元気にしています」

『それは何よりですね』

「悠ちゃんも、パパがげんきだとうれしいね！」

ねぎらいの言葉に微笑めば、よく意味は分からないだろうに蒼介も喜ぶ。

笑顔で見上げてくる蒼介の頭をそっと撫でれば、子供独特の柔らかな癖毛が手のひらに至福をくれる。

辛かったあの当時に比べれば、今はとても幸せだ。

「もう本当に、大丈夫ですから」

『……ところで、克彦くんは元気ですか？』

「はい。ただ仕事が忙しくて……なかなかご連絡ができなくて申し訳ないと、申しておりました」

平日のこんな時間では、仕事がある克彦はこの場にいなくても不思議はない。だが、適当にごまかしておいてくれと投げやりな態度だったことから、話したくないので仕事を口実に逃げただけだと思う。

水島も嫌われていることを自覚しているのか、克彦と話せないことを残念がったが、それ以上は訊いてこなかった。

『蒼介がやんちゃをしだしたら、遠慮なく叱ってくださいね』

「蒼ちゃんは本当に、すごくいい子ですよ？」

蒼介がやんちゃなら、いい子なんていないことになる。それくらいに聞き分けもお行儀もいいし、わがままもほとんど言わない。

とってもいい子で――いい子すぎて不安なくらい。

でもそこまで言っては水島が心配するだろうと、言葉を飲み込んだ。

『まだ環境に慣れてないせいかな？　そのうち、本性を出すと思いますよ』

「楽しみです」

『将来、お子さんができたときの予行練習になればいいんですけど』

「悠ちゃん、あかちゃんうむの？　蒼ちゃん、おにいちゃんがほしい！」

自分に都合の悪い話は聞こえない、とばかりにそっぽを向いて机の上のクレヨンを転がしていた蒼介が、瞳を輝かせて悠希を見つめる。

「お、お兄ちゃんは無理だよ」

弟か妹も無理だけど、とは言えない悠希は、電話の向こうで笑う水島と一緒に乾いた笑いを漏らすしかなかった。

完全に女性と思われていることに、安堵しつつも罪悪感がのし掛かる。この罪は、蒼介を精一杯お世話することで償いますから、と心の中で水島に詫びた。


夕飯の食卓で、大好物だという鶏の手羽焼きに手づかみでかぶりついた蒼介は、嬉しそうに瞳を輝かせた。

「これっ、おいしい！　ママのとおなじあじ」

「よかった。やっぱり蒼ちゃんのママは、肉料理の甘みにマーマレードを使ってたんだね」

「どうして分かったんだ？」

この調理法は、海外に出てからやり始めたのだろう。自分の知らない『加奈子の味』に驚いた様子の克彦に、勝った気がしてにんまりしてしまう。

「向こうでは、日本と違う調味料を代用していたんじゃないかと思って、この前の電話で水島さんにキッチンにあった調味料や食材を教えて貰ったんです」

名前を聞いても何かよく分からない調味料もあったが、日本でも手に入るものは手に入れ、料理サイトを参考に試行錯誤してみた。

「すごいな」

「ええ。食材も調理器具も何もかも違う異国で工夫してお料理をしていた加奈子さんは、本当にすごい人ですよね」

「いや、俺が言いたかったのは……」

そこで言葉を切った克彦に、何だろうと首をかしげると、ふんと鼻を鳴らして視線を逸らされた。

「悠ちゃん、みてー。きれーにたべたー！」

「ホントだね。ああ、一度、お口を拭こうか」

克彦が何を言いたかったのか訊こうとしたが、まさに骨までしゃぶって口の周りをべたべたにしてしまった蒼介に気を取られる。

蒼介が二つめの手羽先に取りかかるのを手伝ってから、改めて訊ねようとしたが克彦は話題を変えてしまう。

「いろいろとよくやってくれている。おまえを雇ってよかったよ」

「そんな……ありがとうございます」

突然褒められて驚いたが、心が紙風船みたいにふわふわして落ち着かない気分になる。

学費のために始めた仕事だったけれど、蒼介は文句なしに可愛いし、克彦も最初ほど高圧的には感じなくなった。たまに意地悪だけど、亡くなった姉と甥っ子のためにがんばっている、いい人だと思う。

お金なんてどうでもいいから、二人の役に立ちたい、必要とされたいという想いは、悠希の中でどんどん膨らんでいった。

夕飯の後、大好物を食べてご機嫌になった蒼介は、いつものリュックの中から一枚のＤＶＤを取り出した。

「ママのけっこんしき、みせてあげる！」

蒼介の宝物は、両親の結婚式を録画したＤＶＤだったのだ。

最初は四六時中リュックを持ち歩きたがったが、このところは目の届く場所にあればそれでいい様子だった。

ここでの暮らしは安全で、誰も何も盗らないと分かってくれたのだと嬉しかったが、中は見せてくれない。

眠っている間に勝手に見ることはできるし、克彦はそうしようとしたが、悠希が止めた。

子供にだって、秘密くらいあっていい。

しかし、その秘密を自分から見せてくれるなんて、信頼された証《あかし》みたいで胸と目頭が熱くなるほどだった。

「貸してごらん。克彦パパがやってあげよう」

「いい。蒼ちゃんがするの！」

克彦は自分ですると言い張る蒼介をデッキまで連れて行き、操作方法を教えながら二人でセットした。

「かちゅひこパパはこっちで、悠ちゃんはこっち」

テレビの前のソファに、自分を挟む形で悠希と克彦を座らせると、蒼介はリモコンのプレイボタンを押した。

画面に映し出されたのは、おそらく式場なのだろう洋風の建物の内部。手ぶれ具合から素人の撮影と分かる。

『加奈子ーっ、おっめでとー！』

『ありがとう――って、やだ！　ちょっと、何撮ってるの？』

撮影している女性の陽気な声に、白いウェディングドレスを着て鏡の前に座っていた女性が振り返る。メイクの途中だったらしく、カメラが回っていることに気付いて恥ずかしげに眉を寄せるが、そんな表情も美人だと絵になる。

「これ、ママだよ！」

「ママ、きれいだね」

悠希を見上げる蒼介に素直に感想を述べると、嬉しそうに満面の笑みを浮かべ、蒼介はまた画面を食い入るように見つめる。

リビングの写真でもきれいな人だと思ったが、人生の晴れの日の彼女はさらに美しい。胸元の大きくあいたドレスを、上品に着こなしている。悠希が写真撮影の際に着せられたドレスと、アウトラインが似ていた。

加奈子のドレスと、似たデザインの物を着せられたのだろう。

「ここから、パパがはいってくるの」

水島の声は穏やかだったが、危険な地域で仕事をしているのだから、見た目は強面《こわもて》かと思っていた。だが実際は、画面越しにも優しげな雰囲気が感じ取れる人だった。蒼介と同じく柔らかそうな癖毛で、白い燕尾服《えんびふく》がよく似合っている。

蒼介は母親似だと思っていたが、こうして見るとやはり父親の面影もある。

「それでママがこのあとね、すそをふんで、おっとーっ、てなるんだよ！」

先の展開を解説する蒼介の、はしゃいだ笑顔が胸に苦しい。内容を覚えてしまうほど何度も見て、母親を思い出していたのだろう。

「かちゅひこパパも、ここにうつってるの。せーじさんはこっち」

中庭らしき場所の白いパラソルの下で、雑談する参列者の中に、克彦と誠司の姿があった。

蒼介が迎えに来た誠司に懐いていたのは、映像で見て知っていたからのようだ。克彦のことをママの弟とすぐに言ったのも、両親とこの動画を見ながら話をしていたかららしい。

克彦は、結婚式という祝いの席だから無理をしているという感じでもなく、水島相手にもにこやかに微笑んでいる。とても今の険悪そうな雰囲気は感じられなくて不思議だ。仲違《なかたが》いしたのは、この後のことだろうか。

そっと克彦の様子を窺うと目が合ってしまい、何か言わなければと考えをめぐらせる。

「あの……式は日本で挙げられたんですね」

「いや。アフリカだ。この頃はまだ治安が安定していたし、ここは外国人向けのホテルで特に安全な場所だったんだ」

参列者はほとんど日本人なので、式は帰国しておこなったのかと思ったが、安全な地域もあるらしい。言われてみれば、式場のスタッフはアフリカ系の人だった。

式はキリスト教式で、神父も恰幅のいいアフリカ系の男性だ。

「いいなー、かちゅひこパパはけっこんしきにいて。蒼ちゃんもうつりたかったなぁ」

「蒼介はまだ生まれていなかったんだから、仕方がないよ」

「でも蒼ちゃんも、ママのしろいドレスみたかったのに。どうして蒼ちゃんがうまれるまで、けっこんしきまってくれなかったのかな」

蒼介が生まれる前の挙式なのだから、映っていなくて当然なのだが、まだそこまでの時系列については理解できないようだ。自分が仲間はずれになったみたいで不満らしい。

口を尖らせる蒼介の前で、映像内の挙式は進む。

教会の外でフラワーシャワーを浴びる加奈子を、水島が両脇に手をあて抱き上げ、くるくると回る。

周りからの喝采の中、ドレスの裾が白い花のように広がる。

「ママ、おはなみたいでしょ」

「そうだね……」

祝福の言葉と賑《にぎ》わいの中、突然に録画は終わった。青い画面を表示して、テレビは沈黙する。

幸せな映像を見て、こんなに胸が痛くなったことはない。

しんと静まった部屋の空気がとても重く感じた。

克彦もそうなのか、在りし日を噛みしめるみたいに唇を結んで瞑目していた。

そんな克彦に気付かぬふりで、悠希は明るく蒼介に話しかける。

「きれいだったね、蒼ちゃんのママ」

「うん。ママきれーでしょ」

「見せてくれて、ありがとうね」

「悠ちゃんには、いつでもみせてあげる！」

「おい、おい。克彦パパには見せてくれないのか？」

陽気な会話に、軽い口調で克彦が入ってきた。さっきの表情が嘘のようで、無理をしていると分かったが、調子を合わせる。

「かちゅひこパパはぁ、うつってるから。みなくてもいいの」

「そうだね。悠ちゃんと蒼ちゃんの二人で見ようねー」

二人が結託すると、克彦はむくれた表情でそっぽを向く。とんだ八つ当たりだが可愛くって笑ってしまう。

「悠ちゃんも、蒼ちゃんのママ、すき？」

「え？　……ああ……お会いしたことがないから……だけど、蒼ちゃんのママならきっと優しくて素敵な人だよね。会ったらきっと好きになってたよ」

悠希の答えに満足したのか、蒼介は満面の笑みを浮かべた。だが、悠希はうわべだけの笑顔しか作れなかった。

きれいで優しそうで、とても敵わない。加奈子が生きていれば、自分など必要なかった。

リビング片隅で微笑む、写真の中の彼女をまっすぐに見られない。

あり得ないことだが、亡くなったなんて間違いで彼女がこの場に現れたとしたら、蒼介は迷わず彼女の元へ行くだろう。克彦だって、姉と自分のどちらかを選べと言われれば、きっと姉を選ぶ。

――自分が今いるのは、本来なら加奈子がいるべき場所なのだ。

人の居場所を奪っているみたいで、悠希は今までにない居心地の悪さを感じた。

加奈子の結婚式の動画を見て以来、悠希は不確かな足元に気を取られて顔を上げられないみたいに俯き気味な気分で、すっきりしなかった。

気晴らしに出たかったが、蒼介は相変わらず外を怖がる。

マンション内のキッズルームには何とか行ってくれるようになったが、他の子が遊びに来ると帰ると言い出すので、あまり長時間はいられない。

外出できないのも、他の人たちと関わろうとしないのも、どちらも問題だ。

「蒼ちゃん、公園に行ってみない？　ブランコとか滑り台とか、いろんな遊び道具があって楽しいよ？」

「すべりだいはキッズルームにあるもん」

「公園にあるのは、もーっとおっきいし、お砂場もあるよ？」

悠希が両手を広げると、蒼介は興味を惹かれたのか少し考え込む。蒼介はキッズルームの滑り台が気に入っているし、砂遊びもしたいはず。

しかし、やっぱり首を横に振る。

「……でも、おそとには、こあいひとがたーっくさん、いるんだもん」

「日本にも怖い人がいないとは言わないけど、そんなにたくさんはいないし、悠ちゃんが守ってあげるから大丈夫！」

「悠ちゃんが、こあいひとにさらわれたらイヤだからイヤ！」

「でも、ママとお庭には出てたんでしょ？」

「トゲトゲのへえと、こうしがないとあぶないんだよ」

「子牛？　あ、格子ね」

格子のはまった窓なんてなじみが薄くて、防御用の子牛がいるのか？　なんて思わず妙な勘違いをしてしまうところだった。

蒼介が暮らしていた地域は、外国人を狙った誘拐がビジネスとして横行しているような危険地帯。家の窓には格子、塀には有刺鉄線でも張り巡らされていたようだ。

棘《とげ》だらけの塀に囲まれた庭で、蒼介がママと二人きりで砂遊びをしている殺伐《さつばつ》とした風景が脳裏に浮かび、寂しい気分になる。

水島が送ってくれた荷物に入っていた、蒼介の大好きだった『お砂場セット』が、ずっと放置されてほこりを被り始めているのも不憫だ。

楽しくのびのびと遊んでほしい。

しかし、こんなに怖がっているのを無理に引きずり出すわけにもいかない。どうすればいいのか、悠希は真剣に考え込んだ。

「ここへ、私の弟を呼んでもいいですか？」

帰宅した克彦をお帰りなさいのキスで迎えてから、考え出した結論を提案する。

「弟を？　何故」

「蒼ちゃんが外へ行けるよう、ボディーガードとして付き添って貰おうかと。それにそろそろ、他の人とふれあう機会も持った方がいいでしょうし」

克彦は土日でもよく仕事が入るし、たまの休みにはなるべくのんびりしてほしい。

それに、まったく知らない人と接する練習もした方がいい。自分の弟の元輝が適任に思えた。

元輝も子供と遊ぶのが上手い。外は安全で楽しい場所と分かったら、蒼介は怖がらずに外で遊べるようになるかもしれない。

「今はいいが、いずれは小学校へ通わなければならないんだから、外へ出られないというのは問題だな……」

過保護な克彦も、何時《いっ》までも部屋の中ではいけないと考え始めたようだ。

「悠希の弟は水泳をやっていて、中学時代には関東大会で二種目の競技で優勝したんだったな。今は私立のスポーツ強豪校に通っているとか」

「ええ、そうですが……」

克彦に、いつそんな話をしただろう。記憶をたぐっても、まったく覚えがなくて困惑する。

「なかなか優秀なようだから、そんな子なら安心だ」

「安心って……もしかして、調べたんですか？」

興信所でも使ったのだろうか。自分の身辺を探られるなんて、やましいところがなくてもいい気はしない。予想もしなかった事態に、すうっと頭から血の気が引くのを感じた。

「家に入れる相手の素性は知っておかないとな」

ショックを受ける悠希の様子に気付くことなく、克彦は調べて当然と悪びれるでもなく平然と言ってのける。

確かに、幼い子供の世話をさせる人物について慎重になるのは当たり前だが、家族のことまで調べられていたとは。

仕方がないことだったんだ、といくら自分に言い聞かせても、胸に何か重いものが詰まったような息苦しさは消えなかった。

克彦に身辺調査をされていたと知り、ますますすっきりしない気持ちを抱える羽目になったが、蒼介のことはきちんとしてあげたい。

話が決まってから、悠希はすぐに元輝と連絡を取り、次の日曜日に来て貰うことになった。

自分の女装については、驚かれないよう前もって電話で、蒼介が女の人の格好の方が安心するからそうしていると説明しておいた。

しかし、事前に聞いていたにしても、実際に見たときの『兄の女装』のインパクトは相当なものだったのだろう。

「ホントに胸ついてるーっ！　触ってもいい？」

「……くだらないこと大声で言うな、バカ！」

蒼介の前で、変な話題や乱暴な言葉遣いは厳禁、と言い含めてあったのに、悠希の姿を見るなり大笑いして胸を触ってこようとする元輝を小声でしかりつけ、頭を軽くひっぱたく。

「ごめんね、蒼ちゃん。びっくりした？　こいつ——この人が、私の弟の元輝だよ」

悠希と元輝は、母親曰く「寝顔はそっくり」なのだそうだが、普段はあまり似ていると言われることがない。

元輝の大きくてつり目がちな瞳は力強く、身長もすでに悠希を抜かし、このまま伸びれば一七〇センチを超えそうな勢いで、うらやましい限りだ。

「おおーっ、ちっちゃ！　かっわいーー！」

「こ、こんにちわっ」

悠希のズボンにへばりついていた蒼介の頭を、いきなりぐりぐりとなで回す。唐突で遠慮のない元輝に相当驚いたのか、蒼介は今までに見たこともないほど大きく目を見開いて元輝を見上げた。

はらはらしたが、大人とは違う接し方をしてくる元輝の態度を、蒼介は新鮮で面白く感じたようだ。二人はすぐに意気投合し、ブロックでどっちがより格好いいロボットを作れるかの競争を始めた。

「こんな可愛い子と遊んでお給料貰えるなんて、いいね」

俺も将来はベビーシッターになろうかな、なんて言われると、冗談と分かっていてもむっとしてしまう。蒼介には見られないよう、こっそり元輝の頭をひっぱたく。

「料理も掃除もできないくせに、何言ってんの」

「いやいやー、俺も最近は、皿洗いとか掃除とか、結構できるようになったんだよ」

何でもないことだが、得意げに言うその悪びれない口調と笑顔が可愛く見えて、得な性分だとうらやましくなる。

それでも、最近は母親を気遣って家事を手伝っているようなのに、ほっとした。

勉強は苦手だが、スポーツは万能。人なつこく物怖《ものお》じしない性格でいつも輝いていて、憧れてしまう。自分にはない才能を持つ弟を、支えてやりたい。

本心からそう思っているが、たまにうらやましくなるのは仕方がないことだろう。

そっと嘆息する悠希の複雑な気持ちも知らず、元輝は蒼介と無邪気にブロック遊びを続ける。

「完成ーっ！」

「かんせー！」

大人げなく格好いいロボットを組み立てた元輝に対し、蒼介のはかろうじて二本の棒で立っているロボットっぽい物だった。しかし、四歳児にしては大したもの。

蒼介の将来はデザイナーとか芸術家みたいな創作系がいいんじゃないだろうか、なんて克彦のことは言えない親馬鹿なことを思ってしまう。

「つぎは、おしろつくる！」

蒼介は次の制作にかかろうとしたが、本来の目的はただ元輝と遊ぶことではない。

目配せする悠希に、元輝は分かってるとばかりに頷いた
「もうブロックあきちゃった。公園行って、ブランコに乗ろう！」

「こーえん……おそと、だよ？」

一気に表情を曇らせる蒼介に、元輝はいじめっ子全開の笑顔でからかい出す。

「あれぇ？　蒼ちゃんは公園に行けないの？　弱虫だなぁ」

「よあむしって、なぁに？」

しかしいじめっ子の攻撃は、かくんと首をかしげる可愛い幼気バリアーにはじき飛ばされ、元輝は思案顔で頭を掻《か》き出す。

「え？　あー、弱虫は……悪い子、じゃないか。根性なし？　って、もっとわかんないか」

「よあむし、わるいの？　いい子じゃないの？」

「うん。よくはないな」

「蒼ちゃんは、いい子になる！　よあむし、ダメ！」

「よーし！　よく言った」

「えらいね、蒼ちゃん。悠ちゃんも元輝も一緒だから、怖くないからね」

どうなることかと見守っていた悠希も流れを読んで参戦すると、元輝がひときわ頼もしく拳《こぶし》を突き上げた。

「悪い奴なんか来たら、元輝兄ちゃんがパーンチ！　だ」

「蒼ちゃんも、パーンチするー」

パンチが何だか分かっているのか、はなはだ疑問だったが、外へ行く気になってくれてなにより。

元輝と悠希が両サイドから蒼介と手をつなぎ、久しぶりに出番を迎えた砂遊びセットを持って外へ出た。

克彦が家にいて蒼介を見ていてくれるときに買い物には出たが、時間を気にして目的地まで一直線で、外の空気を楽しむ余裕などなかった。

久しぶりにゆっくり外を歩く。たったそれだけのことに、頬が緩む。

髪をなぶる風を感じて水色の空を見上げると、冬枯れていた街路樹の葉が、芽吹き始めるほど季節が移り変わっていたと気付く。

「風が気持ちいいね。寒くないかな？」

「ん……さむくない」

のんびり辺りを見回す悠希と違い、きょろきょろとせわしなく辺りを警戒する蒼介に、話しかけて気を紛らわさせながら、無事に目的地へたどり着いた。

蒼介の公園デビューには、徒歩で十分ほどの場所にある小さな公園を選んだ。

マンションのすぐ目の前に大きな公園があるのだが、そこは人が多いし大きな通りを渡らなければならないので、ハードルが高すぎると判断したのだ。

この公園は小さいながらも、蒼介には十分な遊具がそろっている。

「はい、到着。ここが公園だよ」

「ブランコ……ブランコだ！　おっきなすべりだいもある！」

絵本でしか見たことがなかったブランコやシーソーを、瞳を輝かせて見つめる蒼介の反応が、いちいち可愛くて笑ってしまう。

「よし！　片っ端から乗るぞ！」

「うん！」

「ちょっと、あんまり無理しちゃ駄目だからね！」

誰もいない貸し切り状態の公園で、蒼介はまずブランコに向かって走っていった。

「俺がこぐから、蒼ちゃんは俺の膝の上な」

「蒼ちゃん、ひとりでのれる！」

「初心者はみんなこうすんの！　ほらっ、いくぞ！」

蒼介をしっかり抱っこして、元輝が勢いよくこぎ出すと、蒼介はきゃーと甲高《かんだか》い悲鳴を上げる。

初めて聞く蒼介の大声に、怖がっているのではと不安にぞっと総毛立ったが、蒼介の顔は全開の笑顔だった。

風を切って前へ後ろへと揺れるブランコに、蒼介はすっかりご機嫌で元輝にもたれかかり、のんきに悠希に向かって手を振る余裕すら見せる。

「ちゃんと落ちないように掴まってるんだよ」

楽しそうな二人に安心し、『蒼ちゃん、公園デビュー成功しました！』と、元輝とブランコに乗る蒼介の写真を添付したメールを克彦に送った。

ブランコの次はシーソー、滑り台、とそこにある遊具を全部堪能すると、蒼介は大好きな砂遊びを始めた。

能天気に遊ぶ元輝と違い、蒼介が怪我をしないか気を揉みながら付き添っていた悠希は、座って遊び始めたことに胸をなで下ろした。

ベンチに腰を掛けて一息つきつつ見守っていると、スーツ姿の男性が公園に入ってきた。

「誠司さん！」

「様子を見てこいと頼まれまして」

写真を見た克彦から頼まれそうだ。まだ元輝を信頼しきれないから探りに来たんだろうか、なんて卑屈な気持ちになって自己嫌悪に陥る。

砂場の元輝と蒼介は、何も知らずにこっちに向かって手を振る。

ひそひそと「あれ、誰？」「かちゅひこパパのおしごとのひと」なんてやりとりをしているのが見て取れる。

可愛くて無邪気な蒼介を、守りたいと思う克彦の気持ちはよく分かる。

蒼介のためなら何でもする。それが最優先で、克彦は自分のことなどただのベビーシッターとしか思っていないのだろう。

実際にそうなのに、それがとても寂しく感じた。

「……蒼ちゃんが、本当に大事なんですね」

「何かありましたか？」

つい暗い表情をしてしまったのを、誠司に気付かれてしまった。

「克彦さんが、私の家族についてまで調べさせたこと……誠司さんもご存じだったんですか？」

「……申し訳ありません。不愉快な思いをさせてしまいましたね」

素直に頭を垂れる誠司に、あなたが悪いんじゃないから謝らないで、と頭を上げて貰う。

誠司は秘書なんだから、克彦の行動を知っていて当然。自分だけが部外者なのだと改めて思い知らされ、寂しさが晴天に広がる雨雲みたいに胸に広がり、気分を暗くする。

「小さな子がいる家なんですから、使用人の身元調査は当然だって理解はできるんですけど……」

「だけど、すっきりしない。それも当然です」

卑屈な被害妄想ではと思っていた感情に、共感して貰えると嬉しくなる。

「本人がどれだけいい人でも、その家族に問題があればとんでもないことになる——そう思い知らされたから、克彦様はどうしても警戒してしまわれるんです」

どんな訳か知りたかったが、訊ねていいものか躊躇《ちゅうちょ》する悠希に、誠司は自分から語り始めた。

それは、克彦が女性を家に入れなくなる原因となった話だった。

「今でこそ不特定の女性と遊びの関係しか持たなくなりましたが、学生時代の克彦様は女性に対して誠実な方でした。特に、大学時代の恋人はとても可愛くて素敵な方で、大変いいお付き合いをしていたんですが、彼女の母親に問題がありまして」

克彦も彼女もまだ大学生で、真面目に交際していたが、結婚を意識するには若すぎた。

だが彼女の母親は、二人をすぐにでも結婚させたがった。

「早く孫の顔が見たかった、とかですか？」

「金目当てです。娘の恋人が金持ちの息子と知ると、是が非でも結婚にこぎつけろと娘をせっついて……妊娠目当てに、避妊具に細工をしろとそそのかしたんです」

そうして、彼女が寝室に置いてあったコンドームに針で穴をあけている現場を、克彦が目撃してしまったのだ。

「そ、そんな……ことを」

百年の恋も冷めるどころか、ホラー級に怖い。思わずぶるっと身体が震えた。

「たとえ恋人同士でも、同意なく子供を作ろうとするなんて、許されることではありません」

彼女は元から大人しい性格の上に、母一人子一人で苦労して育ててくれた母親に逆らえなかったらしい。とはいえ、恋人に対する裏切り行為をしていい理由にはならない。

その後、彼女は大学もやめて克彦の前から姿を消したという。

愛していた相手からの身勝手な仕打ちは、相当なダメージだっただろう。誰も彼も疑ってかかるようになっても仕方がないと理解できた。

「それ以来、女性は家に入れなくなったんです」

「だから、花嫁なのに男を募集したんですね……」

こんなにプライベートな話を勝手に聞いてしまって、申し訳ない気持ちになった。

だが誠司はそんな悠希の気持ちを見透かしたのか、にっこりと微笑む。

「先にプライバシーを侵害したのは克彦様なんですから、これでおあいこです」

だから許してやれ、ということらしい。なんだかんだ言いつつも、克彦のフォローをする誠司は、克彦の世話を楽しんでいるようだ。

「誠司さんは、克彦さんと仲がいいんですね」

「仲がいい……のでしょうかね。私と克彦様が初めて顔を合わせたのは、私が十二で、克彦様は十歳の時のことです。それから、もう十五年……腐れ縁ですよ」

「学校とかで知り合ったんですか？」

「いえ。私の父が、啓次様に雇っていただいたのがご縁です」

克彦に恩はないが、父様の啓次には世話になった。だから、こんな勤務外の雑用もこなしているのだという。

誠司の父親がタクシー運転手をしていた際、何度か乗車した克彦の父親に気に入られ、専属運転手として引き抜かれたそうだ。

今も、啓次の運転手として京都で暮らしているという。

「私の家は、父がリストラされたり再就職先も倒産したりで、職を転々としていたせいで貧乏でね。奨学金を貰えなければ、高校には進学できない状況でした。それを知った啓次様は、父をずいぶんな厚遇で雇ってくださって。私が大学まで行けたのは、啓次様のおかげです」

「そういえば、克彦さんのお父さんは蒼ちゃんに会いに来られないんですか？」

「お忙しい方なので、なかなか……」

克彦の会社は、元は老舗の呉服屋だったが曾祖父の代に、いち早く洋服の製造販売にも手を出した。

さらにこれまでの実績を生かした和織物を使った服や、洋服にも合う和装小物など、様々な商品展開で、最近では海外にも店舗を構えるまでになっているという。

「それじゃあ、いずれは克彦さんも京都へ？」

「どうでしょうね。本社ビルは京都ですが、取引先は関東の企業が多いですから」

せっかくなのでもっと克彦の仕事について訊いてみたかったが、砂のお山が完成したようだ。

「悠ちゃん、せーじさん！　みてーっ、おやまできた」

「トンネル付きー！」

四歳児と同じ無邪気さで砂場から手を振る元輝を、愚弟ですと誠司に紹介する。

「初めまして、元輝さん。蒼介様と遊んでくださって、ありがとうございます」

「おーっ、何かカッケー」

高校生相手にもきっちり頭を下げて挨拶する誠司に、元輝はやっぱ社会人って格好いいよね、なんて馬鹿丸出しのコメントをする。

本当に『愚弟』の呼び名がふさわしい元輝の頭をひっぱたき、きちんと挨拶をさせる。

「初めまして。えっと、兄がいつもお世話になっております」

「最初っから、そういう挨拶をするの！　蒼ちゃんが見てるんだから、ちゃんとしてよね」

「カッケーって、なぁに？」

「格好いいの進化形だ」

「また適当なことを！」

早速、新たな言葉の意味を知りたがる蒼介に適当なことを言う元輝の首を、思わず絞めたくなる。

だがそんな三人のやりとりを笑顔で見ている誠司の存在を思い出し、自分まで大人げをなくしてどうすると踏みとどまった。

「克彦様が、夕食はみんなで一緒にと言っておられましたので、いったんお部屋へ戻りましょうか」

克彦からの伝言に、すっかり元輝に懐いた蒼介は、元輝に飛びつく。

「元輝にいちゃん、いっしょにごはんたべて、うちにとまって！」

「そうしたいけど、バイトがあるんだよね」

「バイトって、なぁに？」

「お仕事だよ。ちょっとの時間だけお仕事するんだ」

心底残念そうに言う元輝に、蒼介はがっかりし、悠希は驚いた。

「元輝の学校って、バイトは禁止されてたんじゃなかった？」

「バイトっていっても、佐藤《さとう》のおばさんとこで皿洗いしてるだけだから」

佐藤のおばさんは母親の姉で、夫婦で小料理屋をしている。その店で、客が多くて忙しい夜や休みの日に、裏方の雑用を手伝っているという。

「親戚んちに遊びに行って、お手伝いしてお駄賃を貰うくらいなら問題ないだろ」

「だけど、それで勉強や部活に支障が出たら……」

そこは気をつけてるってと笑った元輝だったが、すぐに笑顔を消して気まずげに俯いた。

「みんな働いてるのに、俺だけのほほんと学生してるっていうのも……なんか、ね」

のんきに見えても、元輝なりに家族に気を遣っていたのだ。そう考えると、高校時代は学費の心配などせず学校に通えていた自分の方が、元輝よりずっと恵まれていた。

「無理はするなよ」

「美味しいまかない食べさせて貰えるし、夜は叔母さんが車で送ってくれるし、なかなかいいバイトだよ」

眉根を寄せる悠希に、元輝は笑顔を取り戻して明るく笑う。だから悠希も、笑顔を返した。

家族がみんな、自分のいる場所で、できる限りの努力をしている。自分もがんばろうと、気負わず思えた。

「お帰りになられるのでしたら、車でご自宅までお送りします」

「え？　ホント？　ラッキー！」

「そんな！　そんなことをしていただくわけには！」

誠司からの申し出を屈託なく喜ぶ元輝に、やっぱりこいつは能天気だと慌てる。自分が呼んだのにそんなことをして貰えないと断ったが、誠司も客を送るのは自分の仕事と譲らず、厚意に甘えることにした。

しかし、後から携帯電話に届いた元輝からのメッセージに、頭を抱えることになった。

『蒼ちゃんと遊んだ分って、バイト代貰った！　お礼言っといて』

渡したのは誠司だが、バイト代を出したのは克彦だろう。こんなことをされては、もう元輝を家に呼べないからやめてくれ、と克彦に言わなければ。しかし、貰う方も貰う方だ。

「何を貰ってるんだ！　あの馬鹿！」

「あのばか、ってなぁに？」

うっかり蒼介の前で口汚い言葉を使ってしまった。聞き慣れない言葉に、蒼介は無邪気に首をかしげる。

「えっ？　あー、あっ、アルパカ！　元輝が、アルパカのぬいぐるみを貰ったんだって」

「ぬいぐるみ？　いいなー。……アルパカってなぁに？」

ちょうどよい具合に蒼介の興味がそれた。これ幸いと図鑑を引っ張り出し、動物の名前や生態のお勉強をすることにしてごまかした。

春分を迎えてからすっかり温かくなったが、ここ二、三日は急に冷え込んだ。

年中二十五度以上の高温な地域に暮らしていた蒼介《そうすけ》には辛《つら》いかと思ったが、元輝《げんき》が来て以来、悠希《ゆうき》とだけでも公園に行けるようになった蒼介は、元気いっぱい外で遊んだ。

温まろうと今日の夕飯はほかほかのクリームシチューにしたが、明日はどうしよう。

「克彦《かつひこ》さんがいないと、どうも作る張り合いがないっていうか……」

克彦は最近忙しいのか帰宅が遅くなりがちで、夕飯を食べて帰ってくることが多く、今日も夕飯を一緒に食べられなかった。

明日も夕飯までに帰ってこないなら、シチューを使ってパングラタンでも作ればいいかな、とアレンジレシピで乗り切る算段をする。

塗り絵をしている蒼介を眺めながら、サイドメニューは何にするか考えていて、なんだか蒼介の動きがのろのろしているのに気付いた。

「蒼ちゃん？　……お熱を測ってみようか」

「んー……」

おでこに手を当ててると、驚くほどに熱い。はしゃいだ後などはこんな感じになるが、さっきからずっと座って塗り絵をしていたし、顔の赤さと目のうつろさがいつもと違う。

慌てて体温計を出してきちんと測ってみる。

「三十九度！」

やっぱりこんな寒い日に外へ出すんじゃなかったと、後悔しても始まらない。

すぐさま病院に連れて行こうとしたが、もう通常の診察時間は過ぎている。どこの病院に連れて行けばいいのか見当もつかないし、保険証のありかも分からない。

克彦の指示を仰ぐことにし、蒼介を抱いたまま、焦りに震える手で携帯電話を操作する。何度も響くコール音にやきもきしつつ待っていると、何十コール目かでようやく電話に出てくれた。

「もしもし！　克彦さん？　あのっ、蒼ちゃんが、お熱が！　三十九度もあって、ぐったりしてて！」

『熱？　落ち着け。子供ならそれくらいの熱が出ることはままある、と育児書に書いてあった』

「でも、すごくぐったりしてて！」

確かに、悠希も子供は急に高熱を出すことがあると知っていた。

よくあることでも、自分にとっては初めてのこと。不安だし心配だし、とても冷静ではいられない。

『分かった。迎えの車をやるから、暖かい格好をさせてエントランスに降りて待っていろ』

「はい！」

混乱していた頭の中が凪《な》いで、身体《からだ》の震えが止まった。指示を貰《もら》ったことより、克彦の声を聞けたことの方が大きい気がする。

ぼんやりと焦点も定かではない蒼介の目を見つめ、不安を悟られないよう笑顔を作る。

「もう大丈夫だよ。すぐに克彦パパが来てくれるからね。克彦さんが来てくれるから、大丈夫」

「あちゅ、い……」

蒼介より自分に言い聞かせるみたいに何度も繰り返したが、目をしょぼつかせた蒼介は、辛そうに呟《つぶや》く。

真っ赤なおでこに汗が浮かび、髪が張り付いている。

外は寒いから上着を着せたかったが、熱のせいで暑がって着てくれない。仕方なく、お昼寝用のお気に入りのタオルケットでくるんで抱っこした。

「さあ、克彦パパのところへ行こうね。蒼ちゃん」

蒼介を抱いてエントランスまで来たが、風が当たらない中にいた方がいいのか、外で待った方がすぐ車に乗れていいだろうか、判断に迷う。

悩んでいると、尋常ではない様子に気付いたコンシェルジュが出てきて、迎えが来たら知らせるのでソファで待つよう言ってくれた。

座っていても膝《ひざ》の上に抱いた蒼介の熱さで、じりじりと焦げるみたいに気持ちが急《せ》く。

「悠希様、お迎えの方がいらっしゃいました！」

「ありがとうございます」

外で車を待ってくれていたコンシェルジュからの知らせに、走りたいくらいなのを蒼介への負担を考えて堪《こら》え、早足で外へ向かう。

「蒼介様！　かわいそうに、顔が真っ赤だ」

克彦が来てくれたと思ったのに、車から降りてきたのは誠司《せいじ》だけで、助手席にも後部座席にも克彦の姿はない。

「あのっ、克彦さんは？」

「克彦様は、あいにく取引先へ出向いておいでで。私が病院までお連れします」

秘書といっても、四六時中一緒に行動しているわけではないようだ。

克彦が来てくれないのは心細かったが、タクシーではなく誠司をよこしてくれた。それだけでもありがたいと、悠希は気を取り直して車に乗り込んだ。

チャイルドシートはないが、緊急時は使用義務が免除される。シートベルトを締め、しっかりと蒼介を抱きしめた。

蒼介は眠ってしまったのか、目を閉じている。伏せたまつげがかすかに震えていて、見ている方の胸まで苦しくなるほど辛そうだ。

「蒼ちゃん、苦しい？　大丈夫？」

「……ママ……」

「蒼ちゃん……」

うなされているのか、夢を見ているのか。普段どれだけ平気なように見えても、こんなときにはやはり素直な心が出てしまうのだろう。無意識に母親を求める蒼介に、鼻の奥がつんと痛くなり、悠希は蒼介に覆い被《かぶ》さるように身を縮めて切なさを抑え込んだ。

「克彦様。見つかりましたか？」

「え？」

「はい……はい。分かりました」

どこかに克彦がいるのかと、すがる思いで顔を上げたが、誠司は一人でしゃべっている。よく見ると、イヤホンマイクで電話をしていたのだ。

通話を終えると、車を発進させた誠司はバックミラー越しに悠希に視線をよこす。

「子供の急患を受け入れてくれる病院と連絡が付きましたので、そちらへ向かいます。克彦様も用がすみ次第いらっしゃいます」

小児科医がいなければ子供の急患は断られることがある、と聞いた覚えがあった。だから克彦は、たらい回しにならないよう受け入れてくれる病院を探してくれていたらしい。

「ありがとうございます……ありがとう……。蒼ちゃん、もう大丈夫だよ。克彦パパが助けてくれるからね」

離れていても、克彦はちゃんと蒼介のことを考えて冷静に対処してくれている。そう分かって、肩に入っていた力が少しだけ抜けた。

蒼介をぎゅうぎゅうに抱きしめていた腕を緩め、顔をのぞき込む。相変わらず苦しげで浅い息を繰り返す、小さくて熱い背中を『がんばれ、がんばれ』と祈りながら、優しく撫《な》でてやる。

信号で止まる際にも、ほとんど揺れを感じない慎重なハンドルさばきで、誠司は総合病院の正面玄関に乗り付ける。車を駐《と》めると、即座に車外へ出て後部座席のドアを開け、蒼介を抱いた悠希が、頭をぶつけず降りられるよう介助してくれた。

そのまま克彦を迎えに行くという誠司と別れ、一人で受付に向かう。

「先ほどお電話をいただいた方ですか？」

「はい！　あの、御崎《おざき》、じゃなくて、水島《みずしま》蒼介です」

玄関を入るとすぐに、電話を受けて待っていてくれたらしいきびきびとした女性看護師が、緊急外来へと案内してくれた。

「お兄さんだけじゃ心配だったでしょう」

蒼介を抱いているので胸は隠れているし、今日はもう化粧を落としていたからママには見えないようだ。まだ二十歳《はたち》の悠希では、パパにも見えないだろう。

こんなときなのに、それを寂しく感じた。だが、蒼介の顔を見ると、そんなこと考えている場合じゃなかったと一瞬で寂しさなど消え失《う》せる。

カーテンで仕切られた救急室に入ると、すぐに三十代前半ほどの男性医師が来てくれた。先生は小児科医だけあって、ぐずる蒼介にもにこやかに対応してくれて助かった。

診察と検査を終え、処置室のベッドで脱水予防にと解熱剤入りの点滴を受ける。それで熱が下がってきたのか、蒼介は深く穏やかな寝息を立て始めた。

点滴が終わって経過観察室に移った頃、克彦が病院に到着した。

「子供の急な発熱はよくあることだ。この程度のことで、取り乱してどうする」

「申し訳ありません。お仕事中の克彦さんに頼らず、自分で何とかするべきでした」

幼児を受け入れてくれる病院をネットで探し、タクシーを呼べばよかったのだ。どうしてその程度のことができなかったのか。

自己嫌悪にさいなまれて項垂《うなだ》れた頭を、克彦に抱き寄せられ、驚きに硬直してしまう。

「あの……？」

「謝る必要はない。落ち着いて対応しろと言っているだけだ。おまえ達を守るのは俺の役目なんだから、何かあればすぐに連絡を入れろ」

克彦の目線はベッドに眠る蒼介にあるが、今確かに「おまえ達」と言った。

自分のことも守ってくれる。

たとえお芝居の中の『妻』だからとしても、責められなかったことへの安堵《あんど》と守られる安心感に、膝から崩れ落ちそうなほど力が抜けていく。

だが気を緩めるのはまだ早い。克彦の腕にすがりつきたい気持ちを抑え、悠希は『蒼介の叔母』としての役目を果たすべく、蒼介の診断結果を伝える。

「症状は落ち着いていますが、原因については不明です。寒い中を公園で遊ばせたせいだと思ったんですが、先生は環境や食べ物が変わったせいではないか、と」

気候も環境も、何もかもが急激に変化したのだ。大人だって大変だろうに、蒼介の小さな身体には大きな負担だっただろう。そこにこの寒の戻りで、一気に体調を崩したようだ。

悠希はそう医者から聞かされて納得したが、克彦は曖昧《あいまい》な結果にいきり立った。

「なんだ、『ではないか』なんていい加減な！」

もっと徹底的に調べさせる、と息巻く克彦を押しとどめて説明を続ける。

「待ってください！　一応、血液や尿の検査もしてくださって、結果待ちです。念のため、今夜は入院させて経過も見てくれるそうです」

入院するほどの重篤な症状ではないが、蒼介が海外から帰国して間がないということで、大事を取っての処置だ。そう説明すると、克彦は安堵した様子で息をついた。

「――そうか……それなら、いいんだ」

「私はこのまま付き添います」

完全看護なので帰っていいと言われたけれど、蒼介を一人にすることなどできない。

付き添いの家族用の仮眠室もあったが、側《そば》にいられなければ意味がない。ナースルームと続き部屋になっている、この経過観察用の病室には簡素なパイプ椅子しかなかったが、一晩くらいの徹夜なら平気だ。看護師に頼んで、ここで見守ることを許可して貰った。

「こんなところで寝られるか。きちんとした個室を用意して貰おう」

「そんなことできるんですか？」

「無理だというなら、他の病院へ移す」

詳しい病状も訊《き》きたいから医師と会ってくると出て行ったが、あの様子では院長に掛け合ってでも部屋を移させるだろう。

お医者さんも大変だな、なんて思いながら、悠希は克彦の後ろ姿を見送った。


「すごい……トイレにシャワーまでついてるんですね」

結局、小児病棟では無理だったが、人間ドック用の一泊何万円もするような部屋を用意して貰ったらしい。

ホテルと見紛うきれいな部屋の大きなベッドに、蒼介の小さな身体が横たわっている。

部屋の探索を終えた悠希はベッドに腰を掛け、ぐっすり眠っている蒼介の顔をのぞき込む。

慣れない場所や知らない人に囲まれて、疲れたのだろう。おでこに手を当てて、熱が下がったのを確認し、そのまま髪を梳《す》くように頭を撫でる。

視線を感じて顔を上げると、穏やかな表情の克彦が自分たちを見下ろしていた。

「おまえが添い寝してやれ。俺はここでいい」

言うなり、克彦は壁際のソファに腰を下ろした。

背もたれを取れば簡易ベッドになるソファだそうだが、大柄な克彦では確実に足がはみ出る。

しかし、ここのベッドは三人で寝られるほどには大きくない。

「看護師さんもいますし、私だけで大丈夫です。克彦さんは明日もお仕事なんですから、帰ってゆっくり休んでください」

「俺が、いてやりたいんだ」

「でも……」

困惑する悠希の眼差《まなざ》しから逃げるように、克彦は目を閉じて深く息を吐いた。

「俺の姉は、病気で亡くなった。十万人に二人ほどの珍しいタイプの白血病だったが、決して治らない病気じゃなかった。なのに、初期の投薬治療を誤ったせいで、重い副作用を起こして……」

今まで語らなかった姉の死について、突然言い出したことに驚く。だが病院という場所柄でどうしても思い出してしまうのだろうと、黙って耳を傾ける。

「日本の病院で、ちゃんとした検査や治療を受けていれば、助かったんだ！　病気だと聞いたとき、すぐにでも現地へ行って、連れ戻すべきだった。政府高官も利用する大きな病院に入院したから安心しろ、なんて……あいつの言葉を信じたばっかりに」

あいつとは、義兄の水島のことだろう。克彦が彼と話したがらないのは、言い争いになるから。蒼介の親権者である水島と仲違《なかたが》いすれば、蒼介と会わせて貰えなくなると踏んでのこと。

本人にぶつけることのできない憤りを、胸に秘めていた。それを自分に吐露してくれたことが、妙に嬉しい。

まるで本当に克彦の妻になった気がして——それがどうしてこんなに嬉しいのか気付かぬまま、悠希は黙って聞き役に徹する。

「蒼介には、俺ができるすべてのことをしてやりたい」

もう二度と後悔したくないと、強く言い切る。姉に何もしてあげられなかった後悔は、克彦の心に罪悪感となってのし掛かっているようだ。

その重荷を、少しでも軽くしたい。

「それじゃあ、私がソファで寝ますから、克彦さんが添い寝してあげてください。蒼ちゃんの看病で寝不足になって、仕事中に居眠りなんてしちゃったら、お姉さんは嬉しくないと思いますよ？」

悠希なら、ソファベッドでも十分寝られる。小柄なことが役に立つなんて得した気分です
と陽気に言うと、渋っていた克彦も何とか従ってくれた。
克彦が蒼介の右側に横になり、悠希は左側にソファベッドをくっつけた。すぐには横にな
らず、座ってベッドに両肘《りょうひじ》をつき、蒼介の顔を眺める。
すうすうと漏れる寝息は穏やかで、間接照明の光がぼんやり浮かぶ部屋の時間は、やけに
ゆっくり流れているみたいに感じられた。
こちらへ寝返りを打った蒼介が、布団をはねのけて腕を出す。熱いのかと額に手を当てて
みたが、熱がぶり返したわけではないようで安心する。
布団をかけ直してぽんぽん軽くあやしていると、その様子を克彦がじっと見つめているの
に気付く。
熱はないから大丈夫という意味で微笑んだが、克彦はひどく辛《つら》そうに眉根を寄せた。
「まるで、本当の母親みたいだな」
褒め言葉に聞こえるが、それを口にする顔は憎らしげで、克彦が何を言わんとしているの
かが分からず困惑してしまう。
「これくらいのこと……誰だってしますよ？」
「そうかな？　……あんまりいい母親ぶりだから……おまえが少し、憎くなった」
「え？」

どういう意味かと驚いたが、克彦自身も気持ちの整理がつかないようで、いぶかる悠希から逃げるように視線を逸らした。

「……俺も、蒼介と同じ、四歳の時に母親と別れた。まあ、俺の場合は母親が出て行っただけだが。それからは十四歳だった姉と、家政婦が母親代わりだった。まだ子供だった俺は母親に会いたかったたが、姉は話題にすることすら嫌がった。男を作って子供を置いて出て行くような母親では、嫌って当然だ。だから俺も、次第に母親を思い出すことがなくなって……今では、顔も声も思い出せない」

低い声で独白する克彦は、天井を見つめたまま。

悠希は、相づちを打つでもなくただその横顔を見つめ続ける。

「俺の母親は子供に忘れられても自業自得だが、姉にはそうなってほしくない。姉は、自分から蒼介の側を離れたわけじゃないんだから」

だから『母親』の代わりはいらないと、かたくなに『花嫁』にこだわった。姉を、いつまでも蒼介の母親でいさせるために。

「……なのに、おまえがあんまりいい母親ぶりを発揮するから、蒼介は姉を思い出さなくなるんじゃないか、なんて不安になったんだ」

「私は、ただ……お世話するのが仕事だし、役に立ちたいと思って――」

「分かってる。完全な八つ当たりだ。俺の世話をしてくれた家政婦は、あまり仕事熱心じゃなかったから、おまえもそんなものだろうと……見くびっていた俺が悪かった」

苦笑いを浮かべながらだが、悠希に向かって謝ってくる。自分の仕事ぶりが認められていたことは嬉しい。

だけど、がんばりすぎれば克彦を苦しめてしまうなんて。

「おまえは今まで通りで構わない。ただ、蒼介とママの話をたくさんしてやってくれ。一緒に動画を見て、思い出す手伝いをしてやってほしい」

どうすればいいのか苦悩する悠希の心情を読み取ってか、克彦はどうするべきかを示してくれた。

その願いに応えるよう、悠希はしっかりと頷《うなず》いた。

――蒼介には、自分のように母親を忘れてほしくない。

克彦の小さな願いが、針のように心に刺さる。胸が痛くて堪らなかったが、その想いを悠希も心に刻みつけた。

天井から蒼介へと視線を移した克彦につられ、悠希も安らかな寝顔を見つめる。

「……可愛いですね」

穏やかに眠ってくれているのが嬉しいのに、その寝顔を見つめていると涙がこぼれた。

こんなに可愛い我が子を残していかなければならなかった母親の気持ちは、計り知れない。

ただただ切なさが胸に詰まったみたいに苦しくて、涙が堪えきれない。

「シーツで洟《はな》を拭《ふ》くなよ」

泣き顔を見られたくなくて俯くと、克彦は重くなった空気を変えるように軽い口調でからかってきた。

ベッドサイドに置いてあるティッシュを一枚、頭の上にはらりと降らされ、肩で笑ってしまう。

心遣いをありがたくいただき、ティッシュで洟をかむと、思ったより大きな音が室内に響いてしまい、蒼介が起きないか慌てて確認する。

「おまえはいつも、妙なところが抜けてるな」

笑い声を立てて蒼介を起こしてはいけないと、腹筋で笑いを堪えている克彦を、気まずさとちょっぴりの腹立たしさを込めた目でじっとり見つめる。

「うっかり者で、申し訳ございません」

「いや。姉も意外とうっかり屋だったから、ちょうどいい。砂糖と塩を間違えたおにぎりを食べたことがあるか？　漫画じゃあるまいし、砂糖と塩を間違える人間が本当にいるとは思わなかったよ」

「で、そのおにぎりはどうしたんです？」

「上から塩を振って、無理矢理食った」

味は、訊くまでもなくとんでもなかったのだろう。ものすごく微妙な顔をした克彦に、声を殺して笑ってしまう。

映像でしか知らない加奈子《かなこ》が、悠希の心の中でも動き出す。

思い返して、忘れないようにしてあげたい。蒼介の、そして克彦のために。

「もっと加奈子さんの話を聞かせてください。とうてい及ばないでしょうが、少しでも近づけるよう努力しますから」

「砂糖と塩を間違える努力か？」

「……してほしいのならしますよ？」

また見つめ合って、互いの冗談に忍び笑いを漏らす。

蒼介をはさみ、悠希と克彦は二人して夜が更けるまで語り続けた。


一晩経過を見て、検査結果も異常なしと診断されて蒼介が退院してから、御崎家では平穏な日々が続いていた。

変わったことといえば、加奈子の祭壇に水を供えるのが、蒼介の毎朝の日課になったことくらい。

「蒼ちゃん、ママにおはようの挨拶をして、お水をどうぞっ、てしてきて」

花瓶の花を替えたりはまだできないが、コップを運ぶくらいのことはできる。だから、きれいな切子のガラスコップに水を入れ、毎日供えさせることにした。

両手でコップをつかみ、水をこぼすまいと真剣な眼差しで一歩ずつ歩く蒼介の姿は、いつ見ても可愛い。

「ママ、おはよう！　はい、おみず」

キッチンからリビングの端まで水をこぼさず踏破した蒼介は、意気揚々と悠希の元へ戻ってくる。

「ママに、はいっ、てしてきた！」

「ありがとう。じゃあ、ご飯にしようね」

得意げに報告する小さな冒険者の頭を撫でて、労を労《ねぎら》う。最初の日は半分ほども水をこぼしていたのに、ほんの数日できちんとできるようになった。

子供の成長の早さには驚かされる。

「おはよう。蒼介。——悠希」

「おはようございます」

「はよーう、かちゅひこパパ」

着替えをすませてリビングに現れた克彦の頬に、いつの間にか習慣になったおはようのキスをすると、蒼介も真似をしてキスをする。

屈《かが》んで蒼介からのキスを受けた克彦は、そのまま蒼介を抱き上げてダイニングのテーブルに着く。

大きな窓から差し込む朝日に照らされた明るいダイニングで、家族そろって朝食をとる。

絵に描いたように幸せな家庭。

だけど、完璧なのは作り物だから。

――これが本当の、現実だったらどんなにいいか。

今でも連絡を取っている大学の友人達のメッセージに、今後の進路や就活の話題を見つけると、このままここに永久就職できればいいのに、なんて考えてしまう。

「……永久就職って普通、女の人の結婚だよね」

女性の格好をして女性扱いされていると、思考まで女性のようになってしまうのだろうか。

結婚指輪はすっかり指になじんだが、自分の物じゃない。

俯くと目に入る胸の膨らみは、偽物の最たるもの。もう見慣れたはずなのに、その膨らみが胸に溜《た》まった不安の表れみたいで、ブラジャーの締め付け以上に苦しく感じた。

穏やかな日曜日の昼下がり、綿シャツにカジュアルパンツ、とくつろいだ姿でリビングのソファで新聞を読む克彦と、その足元で画用紙にお絵かきをする蒼介を見守る。

お茶でも入れようかとキッチンへ立つと、克彦もキッチンへやってきた。

「どこか行きたいところはないか？　あるなら、連れて行ってやるぞ」

「買い物は昨日行きましたし、今日は別に。そうだ！　動物園はどうでしょう？　きっと蒼ちゃんが喜びますよ」

「そういう場所じゃない」

そろそろ遠出をしても大丈夫かもと提案してみたが、あっさり却下された。

蒼介ではなく、悠希の好きなところに行きたいから、こっそり訊きに来たんだと言われ、首をひねってしまう。

「私の？　何故《なぜ》です？」

「悠希はずっと休暇を取ってないだろう。だから……」

二月の末にここへ来て、今は五月の半ば。もう二ヵ月以上休暇を取っていないことになる。そろそろ一日くらい休めと提案されるのも無理はないが、本当にここを離れる気にならないのだ。

「まだ先は長いんだ。たまにはゆっくりした方がいい」

「用もないのに、休むなんて……」

知らないベビーシッターに、蒼介を任せたくない。蒼介と克彦の側にいること以上に大事な用事ができない限り、休暇を取る気はなかった。

「……でも……もうすぐ母の誕生日なんですよね」

「だったら、その日は実家で過ごすといい」

母親の誕生日は来週の土曜日。元輝と相談して、以前から欲しがっていた肩のマッサージ器をプレゼントしようと、お金を渡して買ってきてもらった。

プレゼントを用意したからそれでいいと思ったが、克彦は顔を見せてあげるのが何よりのプレゼントだと譲らない。

「だけど、シッターさんを頼むのは、ちょっと……」

「今度の土曜なら俺も休みだし、一人では無理そうなら誠司に助っ人を頼む」

母親とはたまに電話をしているが、しばらく顔を合わせていないし、父親とは会話すらしていない。ケーキだけでもみんなと一緒に食べられれば、元輝も喜ぶだろう。

誠司なら蒼介を任せても安心だ。ありがたい提案に、気持ちが揺らぐ。

「一日なんて……でも、一緒に夕飯を食べられれば母も喜ぶかと……」

「親孝行、したいときには……なんてことになったら、後悔してもしきれないぞ」

縁起でもない話で悪いがと断られたが、確かに一理ある助言に頷いてしまう。

たまには親孝行をしようと、悠希は申し出を受け入れることにした。

「……蒼ちゃん、いい子にしてるかな」

手にしたケーキの箱を見ているだけで、ケーキを目にした蒼介の笑顔が思い浮かび、自然と頬が緩んでしまう。ひとしきりにやついてから電車の中だったと思いだし、唇を引き締めてすました顔を作る。

土曜日に休暇を貰った悠希だったが、夕飯を食べるとすぐに帰宅の途についた。

本当は一泊して明日の夜までに帰ればよかったのだが、久しぶりに家族みんなで母親の手料理を食べることができたことだけで満足してしまった。

母親の誕生日だったが、話題は悠希のことばかり。特に、仕事についてあれこれ両親から訊かれた。

基本月給七十二万円だったが、以前に克彦が言った「時給を十円上げてやる」という言葉は冗談ではなかったらしく、時給が上がっていた。他にも蒼介がおねしょをしたり、夢見が悪くてぐずったりして夜中に対応した分もきちんと加算され、月給は七十五万円ほどになっていた。衣食住にお金がかからないので、それがほとんど手つかず。

高額の給料に、本当は怪しい仕事ではと心配されたが、元輝が「大金持ちのお坊ちゃまのシッターだから、それくらい払わないと格好が付かないんだって」なんて、適当だが結構当たっているフォローを入れてくれた。悠希の女装については、余計な心配をかけないよう黙っていてくれたのもありがたかった。

おバカ発言の多い元輝だけれど、こういう気配りはできるところが、憎めない理由かもしれない。

元輝は実際に職場環境を見ているし、遊びに行っただけなのにバイト代を貰ったことで、両親は悠希の雇い主を気前のいいお金持ちと信じてくれたようだ。

「ホント、気前いいよね。何故か、アルパカのぬいぐるみもくれたし」

後日届いたぬいぐるみに、元輝はアルパカが好きなんて蒼介に言ったかなと困惑していた。

克彦に「あの馬鹿」を「アルパカ」とごまかした、という話をしたところ、おもしろがって本当に送ったのだ。

だから自業自得と思ったが、高校生男子の部屋にでっかいアルパカのぬいぐるみがある光景を目の当たりにし、ちょっと気の毒だなと同情した。

そんなこんなで家族団らんの時をのんびりと過ごしていた悠希だったが、食後にお祝いのバースデーケーキを食べていたら、蒼介もケーキが好きだったよな、なんて蒼介のことが頭に浮かんでどうしようもなくなった。

——夜中に蒼介が泣き出したり、熱を出したりしたらどうしよう。

気になりだすと、いてもたってもいられず、蒼介のためのケーキを買って電車に飛び乗ってしまった。

実家で女装はできないので、電車を降りてから駅前のカラオケボックスでブラジャーを着けて化粧をする。初めは加減が分からず付けすぎてだまにしていたマスカラも、今では手早く根元からささっと付けられるようになったのを喜ぶべきか、複雑な心境だ。

「……ただいまー」

驚かせたくて、そうっと玄関を開けてリビングに顔を出すと、きょとんとした顔をした蒼介が、一瞬後にはじかれたように飛びついてきた。

「悠ちゃん！　悠ちゃん、かえってきたーっ！」

「ただいま、蒼ちゃん」

蒼介の笑顔が、とても嬉しい。その存在を確かめるみたいに腕の中に抱きこむ。

二人だけで仲良くしているのが気にくわなかったのか、克彦までやってきて、蒼介ごと悠希を抱きしめてきた。

「ずいぶん早かったな」

口調は素っ気ないけれど、自分を抱く腕の力強さが、悠希の帰宅を喜んでくれているようで、息苦しいほど胸が早鐘を打つ。悠希なしに蒼介が夜を過ごせるか不安だったのか、克彦が安堵するように大きく吐き出した息に髪をなぶられ、そのくすぐったさが嬉しい。

「感動の再会ですね」

臨時のベビーシッターとして来てくれていた誠司から、まるで数年間は離れていたかのような大げさな再会をからかわれたが、自分でもこんなに喜ぶなんておかしいと思うので、苦笑いを返す。

克彦は、気まずげに元いたソファに戻ってふんぞり返る。

「久しぶりに、のんびりさせていただきました」

ありがとうございますと誠司に向かって頭を下げたが、もっとゆっくりしてくればよかったのにと早すぎる帰宅を呆《あき》れられた。

でも、帰りたくなったのだから、仕方がない。

——帰ってくる、という言葉が自然に浮かぶほど、悠希にとってここは大切な場所になっていたと自覚する。

「蒼ちゃんはいい子にしてましたか？」

「せーじさんに、おりがみ、おしえてもらった！」

蒼介は、手にしていた折り鶴を得意げに見せてくる。どうやら楽しく遊んでいたようで安心した。

「蒼介様はいい子でしたよ。蒼介様、は」

誠司は意味ありげに強調すると、眉間《みけん》にしわを寄せて克彦に視線を向ける。

「おもちゃをしまう順番が違うの、悠希のやり方と違うのと、まあ口うるさいことったら」

「お世話をおかけしました。ケーキを買ってきたんで、みんなで食べましょう」

もうこちらも夕飯を食べ終わっていたが、ケーキくらい別腹に入るだろう。

しかし誠司は遠慮して帰ろうとする。

「蒼介様のお世話をしなくていいなら、私はもうお暇《いとま》します」

「そんな。誠司さんの分も買ってきたんですから、食べてから帰ってください」

「帰りたい奴には帰って貰え。だいたい、こんな奴の分まで買って来なくていいんだ」

「……克彦さん」

せっかくの休みをつぶしてきてくれたのになんてことを、とにらみつければ、いつもの癖か、鼻を鳴らしてきまりが悪そうにそっぽを向く。

「おや。悠希さんも怒ると怖いんですね。ますます克彦様の好みだ」

「なっ、何言ってるんですか！」

「小柄でショートヘア。可愛い顔立ちで、保護欲をかき立てる——だけど芯は強い人なら完璧。ですよね？」

誠司から話を振られた克彦は、聞こえないふりでソファにあった本を開く。けれど、その本が『さるかに合戦』だったりしたので、妙に可愛いことになってしまっていた。

自分が克彦の好み通り……だとしたら嬉しい。

思わずそんなことを考えてしまったが、根本的に自分は男で、克彦の恋愛対象外だ。自分だって、男の人に恋愛感情は持ったことがない。

そのはずだが最近、克彦を可愛いとか格好いいとか思ってしまうこの気持ちは、いったい何だろう。

だが考えても答えの出ない問題を振り払うみたいに軽く頭を振り、テーブルの上でケーキの箱を開ける。

「誠司さんは、甘い物はお嫌いですか？　チーズケーキとアップルパイとチョコレートケーキと、いろいろ買ってきたんで、お好きなのを選んでください」

克彦は、意外に辛い物が苦手で甘い物が好きだと一緒に暮らす内に分かったが、誠司の好みは知らない。だから甘さ控えめとポップに書かれていたアップルパイも買ってきた。

「蒼ちゃんは、イチゴショートだよね？」

今までに何度か、克彦が買ってきたのを食べて、おいしいと大絶賛していたのでそれにしたが、蒼介は他のケーキにも目移りするようで、箱の中を覗《のぞ》いて考え込む。

「蒼ちゃん、せーじさんとはんぶんこする！」

「誠司じゃなくて、克彦パパと半分こしよう」

すっかり存在が薄くなったことに危機感を覚えてか、しゃしゃり出てくる克彦が、やっぱり可愛く感じてしまう。

実家にいたときとはまた違った幸せを感じ、悠希は微笑んだ。

「じゃあ、コーヒーを入れますね」

「蒼ちゃん、おてつだいするー」

克彦は、カップの上にセットするドリップバッグコーヒーを愛飲していた。蒼介がドリップバッグをセットするお手伝いをしたがるので、コーヒーを用意する際は二人で入れる。

「セットできましたか？」

「はーい」

元気よく答え、蒼介はテーブルから離れた。

電気ケトルでお湯を注ぐときは、危ないので離れさせる。ケトルには熱湯が入っていて危ないから、絶対に触っては駄目と言い聞かせてあるので、蒼介は近寄らない。

本当に聞き分けがよくていい子だと感心する。

一緒にケーキを食べている際、誠司もこんなにいい子は見たことがないと絶賛してくれて、悠希は自分のことのように嬉しくなった。

けれどそれは、加奈子と水島の躾《しつけ》がよかったからで、自分の手柄じゃない。それを忘れて慢心してはいけないと強く自戒した。

誠司が帰ってから、克彦が蒼介をお風呂に入れ、悠希が寝かしつける。

いつもの日常に、ほっとしてベッドに入ったのに、克彦はまだしつこく訊ねてくる。

「本当に泊まってこなくてよかったのか？」

「帰ってこない方がよかったですか？」

「そ、ずるいですよ、そんなのっ」

「——怪しいですね。蒼ちゃんと一緒に寝るつもりだったんでしょう！　ずるいですよ、そんなのっ」

一人で寝ないと駄目だなんて言っても、自分が蒼介と一緒に寝たいのだろう。人をのけ者にしようだなんて、ひどい。

だが、その気持ちはよく分かる。

「蒼ちゃんの寝顔は可愛いですもんねぇ」

「……おまえのも、な」

「え？　私が、なんですか？」

かすかな呟きが上手《うま》く聞き取れなくて聞き返したが、克彦はそっぽを向いて布団を被ってしまった。

——都合が悪くなると黙るんだから。

以前なら腹が立っただろうこんなことも、今は可愛く感じる。悠希は幸せな気分で、克彦と同じ布団に潜り込んだ。

久しぶりの帰省で疲れたのか、悠希はすぐに睡魔に襲われた。

なのに何故か、夜中に目が覚めた。

ふと隣を見て、克彦の姿がないのに気付く。克彦が起き出した時に、つられて目が覚めてしまったようだ。トイレにでも行っているのだろうと思ったが、何となくうとうとしつつ待っていても帰ってこない。

「まさか、蒼ちゃんに何か！」

また熱でも出したのでは、と飛び起きて蒼介の部屋へ向かったが、蒼介の部屋に克彦の姿はなく、蒼介は静かに眠っていた。

ひとまず安堵の息を漏らし、蒼介に肩までしっかり布団をかけて部屋を後にした。

ここではないなら、リビングだろうかと行ってみると、ソファで横になっている克彦を見つけた。眠ってはいなかったのか、悠希の気配で起きたのか、克彦は身体を起こす。

「すまない……起こしたか？」

「いいえ。あの、私……いびきをかいてますか？　それとも、寝相が悪い、とか？」

同じベッドで寝たくないから泊まってきて欲しかったのでは、と不安が胃の中でふくれあがったみたいにみぞおちの辺りが苦しい。

「ああ、違うよ。そうじゃない。少し……その、離れて寝た方が、いいかと……ちょっと、風邪っぽいようだから……」

「そんな！　それじゃ、こんなところで寝てちゃ駄目です！　熱があるんですか？」

床へ膝をついておでこに手を当てたが、熱はない。けれど、窓際の間接照明のわずかな明かりでも分かるほど苦しげな表情に、悠希の胸も苦しくなる。

具合が悪いことに気付かないなんて、妻失格だ。

「いや！　風邪っぽいんじゃなく、その……実は……そうだ、腹具合が悪くて。それで……トイレに近い方がいいと思ったんだ」

だから大丈夫だ！　なんて力強く言われても、ちっとも安心できない。

「お腹の調子が？　夕飯の何かか、ケーキのせい？　……じゃあ、蒼ちゃんも！」

克彦とケーキを半分こした蒼介も、お腹が痛くなるかもしれない。慌てて立ち上がり、また蒼介の様子を見に行こうとしたが、克彦に手を握られて引き留められる。

「違う！　ああ、もう……本当に、すまない……」

何故か謝られ、どういうことかと困惑する悠希に、克彦は口を開けたり閉じたりと今まで見たこともないほど困惑した表情をして、頭を掻いた。

「これは……あれだ、昼間にアイスコーヒーをがぶ飲みしたせいだから、蒼介は大丈夫だ」

「お腹を冷やしちゃったんですね。じゃあ温めれば楽になるかも。少し待っててください！」

この家にはカイロも湯たんぽもないが、簡易の湯たんぽなら作れる。台所へ行き、ペットボトルの中身をコップに移し替えて空にすると、その中に素手で触れる程度の少し熱めのお湯を入れた。

薄手のタオルでくるむと、ちょうどいい感じの温かさになる。それを持って急いでリビングへ戻ると、克彦はソファに腰掛けていた。悠希が何をしているのか気になって、キッチンの方を見ていたようだ。

「寝てなきゃ駄目でしょ！　あ、トイレですか？」

「いや。……それは？」

「即席の湯たんぽです。これでお腹を温めてください」

「わざわざ、作ってくれたのか……」

作ったというほどのものでもない。トイレに行きたいのでないなら、早く横になってと寝かしつけ、お腹の上に簡易湯たんぽをのっける。

「重くないですか？　熱すぎない？」

「いや……温かくて……気持ちがいいよ」

「救急箱に整腸剤が入ってますが、飲みましたか？　まだなら取ってきますけど」

「いや……いらないよ。もう、十分だ」

「でも！」

この人のために何かしたい、役に立ちたい、そんなそわそわした気持ちで浮き足立つ悠希を安心させるように、克彦は手を握ってきた。

「いいから。ここにいてくれ」

「お腹が痛むんですか？　あんまり痛むなら、救急車を！」

妙に大人しい様子が変すぎて心配になったが、克彦は笑い出した。

「克彦さん？」

「悠希は本当に面倒見がいいな。――ありがとう」

優しい眼差しを向けられて、頬がかっと熱くなる。

こんなに素直でしおらしい克彦を見たのは初めてだから、驚いて……だからだ。深い意味なんかない、と自分に言い聞かせて血流の流れが治まるよう祈る。

「もう、大丈夫なようだから、ベッドに戻るよ」

「また具合が悪くなったら、遠慮せずに起こしてくださいね」

寝室へ戻ると克彦と並んでベッドに入り、よく変化を見ておこうと向き合って横になる。

「そんなに監視されたら眠れない」

「でも！　本当に大丈夫なんですか？」

「ああ……湯たんぽのおかげかな」

そう言って微笑む、克彦の穏やかな顔に、悠希は安堵の息を漏らしてゆったりと枕に頭を預けた。

「悠希も、あんな風に湯たんぽを母親に作って貰っていたのか？」

「私より、もっぱら弟が。今は健康ですけど、元輝は小さい頃は身体が弱くて。だから体力作りに水泳を始めたんです」

「悠希はやらなかったのか？」

「私も小学生の頃は同じスイミングスクールに通ってたんですが、運動は苦手で。中学になったらクラブ活動があるからって口実をつけて、やめちゃいました」

「中学から演劇部か？」

「いえ。中学では書道部でした」

「ああ、だから悠希は字が上手いのか。で、それがどうして高校では演劇部に？」

「中学の文化祭で、クラスで劇をすることになって、その時に看板を書いたり舞台の道具を作ったのが楽しかったから、もっとやってみたくなったんです」

克彦の眼差しがとても優しい気がして、どぎまぎしてしまう。蒼介に向けられるのと同じくらい、だけどなんだか違う。その違いの意味は何なのか。いや違って見えるのはただの気のせいかもしれない。

そう思っても確かめる勇気もすべもなくて、ただひたすらに学生時代のことを話し続けてしまった。

「――すみません。こんなつまらない話……」

「いや。聞きたいよ。悠希がどこでどんな風に育ったのか……全部」

「また身元調査ですか？」

「ただ、悠希のことが知りたい。悠希の声を聞いていたい。それだけだ」

「それじゃあ、子守歌でも歌ってあげましょうか？」

「是非頼む」

「えっ？」

冗談だったのに、意外な答えが返ってきて驚きに目を見開いてしまったが、克彦がぷっと吹き出したのを見て、からかわれたと気付く。

「もう！　ふざけてないで、さっさと寝てください」

「歌ってくれないのか？　さては、音痴なんだな？」

「違います！　もう知りませんからね」

人をからかう余裕があるくらいなら、大丈夫だろう。布団を被って背中を向けると、後ろから抱きしめられた。

「か、克彦さん？」

「こうしていると……温かい。悠希といると、温かいよ」

「ゆ……湯たんぽが、もう……冷えちゃいましたか？　だったら、お湯を入れ替えてきますけど……克彦さん？」

克彦は眠ってしまったのか、返事はない。

けれどその息が髪にかかるだけで、心臓がどきどきする。上半身全体が脈打っているみたいで、克彦にまで心臓の音が聞こえるのではと思えて、息すら潜めて身体を硬くする。

——単に、湯たんぽの代わりにされているだけ。

そう分かっていても、自分が克彦を温められることが嬉しい。

温めているはずなのに、自分の心の方が温かくなっていく気がした。

火照《ほて》る心と身体を持てあまし、克彦の深く静かな寝息を感じながら、ぎゅっと強く目をつぶり、悠希は眠りが訪れてくれるのをひたすら待った。


湯たんぽ代わりにされた夜から、悠希は妙に克彦の言葉や態度が気になって、克彦を意識するだけで心臓がばくばくいう。だから近くに来られると逃げてしまうのに、離れているとどうしているかと近づきたくなる。

今日は急ぎの仕事を忘れていたとかで、夕飯後すぐに書斎へ籠《こ》もった克彦のことが気になって、蒼介の相手をしていても意識の半分は克彦に向かっていた。

「そろそろ克彦パパにコーヒーを入れようかな」

蒼介への絵本の読み聞かせを中断して、お湯を沸かしてコーヒーを入れる準備をしている、ちょうどその時、リビングの扉が開いた。

「コーヒーですね。今すぐ——」

「いや。この書類を、エントランスまで持って行ってくれないか？　誠司が取りに来るから」

分かりましたと書類を受け取ると、克彦は蒼介に向かって左手に持っている書類をぴらぴらと振る。

「後はこれだけ片付けたらお風呂だから、もう少し待ってくれ」

「わかったー」

愛想よく答える蒼介に相好を崩すと、克彦はまた書斎へと戻る。

このところ忙しいのか、持ち帰る仕事の量が増えた。それでも何とか蒼介とのスキンシップの時間は取ろうとする。

自分がもっと克彦の役に立てればいいのに、と書類の受け渡し程度のことしかできない自分を情けなく感じた。

「もっとちゃんとした仕事を手伝えれば、もっと一緒にいられるんだろうな……」

思わず口をついた呟きに、自分で驚く。

「悠ちゃん？」

「お、お使い頼まれちゃった！　蒼ちゃんも一緒にお使い行くよね？」

「ううん」

当然一緒に行くと言うだろうと思っていたのに、意外な返事に戸惑う。

「誠司さんに会えるよ？」

「ん……いかない」

誠司の名前に一瞬躊躇《ちゅうちょ》したようだが、本を読んでるから行かないと言いはる。

一人で部屋へ残すことになるが、書斎に克彦がいるのだし、エントランスまでのお使いなら、ほんの数分。大人しく絵本をめくっている蒼介に手を振り、悠希は部屋を後にした。

使いに来た誠司に書類を渡し、少し雑談をしてから戻った悠希が玄関の扉を開けたとたん、蒼介の泣き声が耳に飛び込んできた。

大きな泣き声と気遣わしげな克彦の声に、何事かと声のする風呂場へと走る。

「蒼ちゃん？　克彦さん？」

中をのぞき込むと、二人とも服を着たまま、克彦が泣きながら「ごめんなさい」を言い続ける蒼介の足にシャワーで冷たい水を浴びせていた。

「蒼ちゃん！　い、いったい、何が？」

言ってから、これは火傷《やけど》をしたときの対処法だと思い当たり、混乱していた頭から一気に血の気が引くのを感じる。

「火傷をしたんですか？　どうして！」

「電気ケトルをいじって倒したんだ。お茶でも飲みたかったのか……」

触ってはいけないと言われている物を、悪戯《いたずら》で触る子ではないと分かっている克彦と悠希は、困惑した表情で蒼介を見つめる。

「ごっ、ごめ、ごめ、なさ……」

「大丈夫だよ。熱かったね。でも、もう大丈夫だから」

「あちくない！　つめたい……」

冷たくて嫌だけれど、自分のためにしてくれていることだと理解できるのだろう。逃げようとはしないが、蒼介はもうお湯を被った熱さより、水の冷たさを苦痛に感じ始めている。

もういいだろうとシャワーを止めた克彦は、悠希にはさみを取ってこさせ、火傷した箇所に触れないよう慎重にズボンを切って脱がせた。

お湯は右足の太もも辺りにかかったそうだが、少し赤くなっている程度。厚手のズボンの上からだったのと、即座に冷やしたのがよかったようで、ひとまず胸をなで下ろす。

しゃくり上げて泣く蒼介をなだめ、濡れた服を着替えさせながら経緯を訊ねる。

「いつもは触らないのに、どうしてケトルに触っちゃったの？」

「蒼ちゃんがね、かちゅひこパパに、蒼ちゃんが、コーヒーいれて、あげよーと……」

「私が蒼ちゃんを一人にしたせいで、こんなことにっ！」

蒼介はコーヒーを入れてみたくて、お使いについて来なかったのだ。何でも自分でやりたがる蒼介の気質を知っていながら、椅子に登れば蒼介でも手が届くテーブルの上にケトルを置いたせいだ。

自分のうかつさに怒りが湧《わ》いて、手が震える。

そんな悠希の手を、克彦が包み込むように握りしめる。

「コーヒーを飲めば、俺の仕事が早く終わると思ったんだろう。俺が待たせたせいだ」

「かちゅひこパパも悠ちゃんも、わるいんじゃないもん！　蒼ちゃんだもっ、蒼ちゃんが……蒼ちゃんもおしごとしたくて。みんな、おしごとしてるから、蒼ちゃんも、て……」

みんなが自分を責めるが、誰も悪くない。やるせない気持ちが胸に広がり、悠希はすがりついてくる蒼介をぎゅっと抱きしめた。

見た目には大丈夫そうに見えたし、本人ももう平気だと言うが、子供の怪我は油断がならない。医者に診せた方が安心できると、病院へ連れて行くことにした。

「また、にういん？　みんなでいっしょにねるの？」

「すっかり病院を楽しいところと思い込んだようだな」

「嫌がって泣かれるよりいいじゃないですか」

行楽気分でうきうきと克彦の車に乗り込む蒼介を連れて行った病院では、日焼け程度のもので痕《あと》も残らないと言われて安心した。お泊まりじゃないことを不満がる蒼介を慰めながら、笑顔で病院を後にすることができた。

蒼介の火傷騒動の次の日、克彦が水島にお詫びの電話をすると言い出した。

「大事な子供に火傷をさせたのだから、父親に謝るのが当然だ」

本来なら直接会うべきだが、そうもいかない場所にいる。メールではなく電話で謝るのが最上の手段ということだろう。

まずは克彦が水島にメールで電話ができる日時を訊ねると、日本時間で三日後の二十三時頃なら大丈夫と返事が来た。

メールでも、蒼介に火傷を負わせてしまったが、傷跡も残らないしもう痛がってもいないことを伝えると、水島からは『軽い火傷程度なら、これからは気をつけようという勉強になってよかっただろう。迷惑をかけて申し訳ない』という内容の、気遣いのある返信が来た。

それで終わりにしてもいい話だったが、克彦はこれを機にこれまでのわだかまりにけりをつけたいと思ったのだろう。

しかし、水島との接触をあんなに嫌がっていたのだ。心配だし自分も謝りたいからと、悠希はその場に同席することにした。

そうして迎えた、約束の日。

蒼介を寝かしつけた悠希と克彦は、ダイニングのテーブルに携帯電話を置き、その前に二人並んで座り、電話を待つ。

待つ間、蒼介が公園の滑り台の滑る部分を登り切ることができたとか、他愛のない話をしたが、克彦は電話を見つめるばかりで聞いているのか疑問だった。

それでも、悠希は克彦の気分が少しでもよくなるような話をし続けた。

そうして待っていると、二十三時の少し前に電話が繋《つな》がった。

『もしもし。聞こえますか？』

「俺の不注意で蒼介に火傷をさせてしまい、申し訳ありませんでした」

克彦は、挨拶も抜きに開口一番に謝罪した。

とりつく島もなくて、感じが悪いと聞いているこっちがはらはらする。

『触っちゃいけないと言われていたポットに触ったんなら、蒼介が悪いんです。ご迷惑をおかけしました』

「いえ！　手の届くところにそんな物を置いた、私の責任です。申し訳ありませんでした」

二人のぴりぴりした会話に気後れしたが、こんな雰囲気ではいけないと、悠希は思い切って会話に参加した。

『ああ、悠希さん。あなたにもご心配をかけて、すみませんでした。驚かれたでしょう？　でも、大した火傷じゃなくてよかったです』

「ええ、本当に――」

「日本の医療はそちらと違って優秀ですから、多少のことなら大丈夫ですよ」

せっかくの和やかな会話を、棘《とげ》のある言葉で腰を折る克彦にあからさまな害意を感じた。

当然、電話の向こうの水島にも伝わったようで、電話からかすかなため息のようなものが聞こえた。

『一度、きちんと話し合った方がいいでしょうね。加奈子の治療について、僕が全力を尽くさなかったと思っているのは分かっています。けれど、僕だってできることはすべてやったんです。君に責められるいわれはありません』

口調は柔らかいが、一歩も引かない強さを感じる。今日の水島は、自分が今まで話していた『蒼介のパパ』と同じ人とは思えない。

読めない展開を、悠希は固唾《かたず》をのんで見守るしかなかった。

「あんな、ろくでもない治療を受けさせて、全力を尽くしたとはよく言えますね。もっと早期の段階で帰国させてくれていれば！」

『こちらでも、日本と同じ国際標準品の試薬キットを使った検査をして、治療法を選んだんです。だから、日本で検査を受けたとしても、同じ薬が投与されたでしょう』

「しかし！　日本でなら、俺の造血幹細胞を移植する方法もあった」

『移植するにしても、加奈子の場合は先に投薬治療をしなければならない状態だったから、そうしたんです。それに、血縁者といえども君と加奈子のＨＬＡ型は、二つ違ったでしょう？免疫異常で合併症を起こす危険があって、君から移植して貰うことはリスクが高すぎた』

僕だってそれくらいのことは調べましたと、水島は苦しげに吐き出す。その言葉に、克彦も吠えるように憤りをぶつける。

「親族全員に……出て行った母にも連絡を取って調べて貰ったが、誰も型が一致しなかった。

だが、世界中探せば、きっと一致するドナーがいたはずだ！」

『ドナーが見つかれば、君はどんな手段を使ってでも、加奈子のためにそのドナーの細胞を手に入れたでしょう。——他の、ずっと移植を待っていた人を押しのけてでも。加奈子は、それを嫌がったんです』

だから加奈子は日本に帰らず、投薬治療を続ける道を選んだ。自分のために、克彦が他の人を苦しめることをさせないために。

「そんな……そんなきれい事を言ってる場合じゃなかっただろうに！」

『でも、それが加奈子でしょう？』

加奈子を深く愛していたから、彼女の意思を尊重した。

静かに言い切る水島に、克彦は唇を嚙《か》んで黙り込む。

水島は現地の医療を過信したのでも、病気を甘く見たのでもない。愛する人の願いを叶えるために、精一杯のことをしたのだ。

反論の余地のない話に、克彦は苛立《いらだ》ちをぶつけるように拳でテーブルを叩いた。

悠希は、その手にそっと自分の手を重ねる。

何もできないけど、側にいるから。そんな想いで見つめると、悠希を見つめ返す克彦はかすかに微笑んだ。

『加奈子は、誰に対しても愛情深く、こうと決めたら揺るがない強い人でした。僕は、そんな彼女が好きでした』

「……姉さんは、俺以上に強情だった」

『僕も君も……もう、苦しむのはやめにしませんか?』

みんなが、できることのすべてをやった上での結果なのだ。

水島も、あのときこうしていればよかった、何か他にできることがあったのでは、と何度も何度も自問自答を繰り返してきたのだろう。その結果たどり着いた答えに、迷いはないようだった。

「……パパ?」

激高して大声を出した克彦のせいで起きてしまったのか、蒼介がまぶたを擦《こす》りながらリビングに顔を出した。

水島の声には気付いたが、話は何も聞いていないようだ。

それでも、険悪な空気くらいは感じ取れるのだろう。不安げに悠希の膝に上り、克彦と電話を交互に見つめる。

「パパとかちゅひこパパ、ケンカしたの?」

『うん。喧嘩《けんか》した。でも、仲直りするために、喧嘩したんだよ』

優しい響きを含むいつもの水島の言葉に、蒼介はかくんと首をかしげた。

「なかなおりに、ケンカする……?」

「大人になれば分かる」

「んー……？」

「あはは、蒼ちゃん。そんなに首をかしげたら、頭が取れちゃうよ」

子供にはまったく分からない話に、蒼介はますます首をかしげた。その様子がおかしくて、悠希はわざと声を立てて笑った。

蒼介もつられて笑ってくれて、一気に場の空気が変わる。

決裂してしまえば蒼介のためにならないと、水島も克彦も話し合うことを避けてきた。けれど、互いの腹の内を隠さずぶちまけたことでわだかまりは消えた。

これは家族にとって、必要な諍《いさか》いだったのだ。

リビングの片隅の、加奈子の写真に目をやると、彼女は変わらぬ笑顔を自分たちに向けてくれていた。

それから、水島と蒼介と克彦と悠希、みんなで話をした。主に蒼介が話の中心だったが、元輝の話も出て話題は尽きず、日付が変わるまで話し続けた。

そうして久しぶりのパパに興奮した蒼介を寝かしつけるため、三人で一緒に眠った。

「今日は少し遅くなるから、夕飯はいらない」

克彦をいつものいってらっしゃいのキスで送り出すとき、何故か嬉しそうにそう言われた。

「ただ、そんなに遅くはならないから、起きて待っていてくれ」

今日は土曜日なのに出勤した上に残業だなんて、そんな大変な克彦を思えば起きて待っているくらい何でもない。

「分かりました。蒼ちゃんも、寝かさないで待っていた方がいいですか？」

土曜日の朝は、お気に入りのテレビアニメに夢中で、見送りに出てこない蒼介を振り返る。わざわざ「待っていろ」なんて言われたのは初めてだったので訊いてみたが、「むしろ寝かしつけておいてくれ」と頼まれた。

「じゃあ、行ってくる」

「え？」

悠希がキスする前に、克彦の方からキスをされて面食らう。ほんの一瞬だが頬に感じた克彦の唇の感触を、確かめるみたいに頬に手を当てる。

克彦は呆然《ぼうぜん》と目を見開く悠希に、少し照れた笑みを浮かべて出社していった。

今朝は異例ずくめで、変な感じだ。

最近の克彦は、とても機嫌がいい。ずっと腹でくすぶっていた憂いが消えたのだから当然だが、それは悠希にため息をつかせる要因になった。

克彦と水島の間のわだかまりが消えたことで、水島が帰国したら二人は力を合わせて蒼介を育てていけるだろう。

——そうなれば、自分はまったく必要なくなってしまう。

いつの間にか、水島が帰国してもこの関係を続けられるのではと、期待していた自分に気付いた。

でも、それは所詮《しょせん》叶わぬ夢。

悲しいけれど、悠希がいなくなった方が、克彦も蒼介も幸せになれるのだから。

克彦がちゃんとした女性と結婚すれば、蒼介には一緒にお風呂に入ってくれる、ごく普通な叔母ができる。

克彦は水島と一緒に蒼介をまともな家庭で育て、悠希は大学に復学する。それが、みんなにとって一番いいことなのだ。

いつか来るその日に向かって、蒼介と少しずつ距離を取ろうと決めた。

だから悠希はここ数日、なるべく蒼介ができそうなことは一人でやらせるようにしてきた。

「悠ちゃん。このふくろ、あかないー」

今日も、お菓子の袋が開けられないと持ってきた蒼介に、もう少しがんばってみるよう促す。

「蒼ちゃんは、何でも一人でできるようにならなきゃね」

「悠ちゃん……ママとおんなじこと、いってる」

「え？」

「ママも……ひとりでできるようにならなきゃダメって……ママは、もう、いっしょにいられなくなるからって。悠ちゃんも、どっかいっちゃうの？」

死期を悟った加奈子は、自分がいなくなってからの蒼介のことを心配し、何でも一人でできるようになりなさいと、亡くなる前に言い聞かせていたようだ。

母親の最後の愛情に、鼻の奥がつんと痛くなる。

この場を取り繕う嘘は言えなくて、正直に話すことにした。

「悠ちゃんがどこかに行くんじゃなくってね、蒼ちゃんが行かなきゃいけないの。蒼ちゃんのパパが帰ってきたら、蒼ちゃんは蒼ちゃんのパパと暮らすから。だから、パパにいいところを見せられるようにならなきゃ」

「パパがかえってきたら、パパと悠ちゃんとかちゅひこパパと、みんなですめばいいんだよ！」

どうして別々に暮らすのか、意味が分からないのだろう。幼い蒼介にどう説明すればいいのか悩み、口ごもってしまう。

「それは……そうできたらいいけど……克彦パパはともかく、悠ちゃんは無理なんだよ」

「どーして？」

——自分は、本当は克彦の妻ではなく、赤の他人だから。

そんな悲しいことを、蒼介に言いたくない。

黙り込む悠希に、蒼介は不安になったようだ。ぎゅっと強く手を握ってくる。

「悠ちゃん、蒼ちゃんのこと、きらいになったの？」

「蒼ちゃんのこと、大好きだよ！　でも、蒼ちゃんのパパが帰ってきたら、蒼ちゃんはパパや克彦パパと暮らさなきゃ駄目なの」

「どーして悠ちゃんはいっしょじゃないの？　蒼ちゃん、もっといい子にするから！」

「蒼ちゃん？　蒼ちゃんはいい子だよ？」

「でも、ママあいにきてくれないもん！　蒼ちゃんが、まだいい子じゃないから、あいにきてくれないし、悠ちゃんもどっかいっちゃうんだ！」

どうも論理がおかしい。ママが会いに来るとはどういうことなのか、いぶかる悠希に、蒼介はもどかしげに地団駄を踏む。

「泣かないで、たくさんいい子にしてたらママがあいにきてくれるって、アニーが、いったもん！　でも蒼ちゃんがいい子じゃないから、ママはあいにきてくれないの！」

「アニタさんが……そんなことを……」

アフリカにはそういう宗教観があるのか、ただ蒼介を慰めるために言ったのか。

何にせよ、アニタもよかれと思って言ったのだろうけれど、その言葉が蒼介に過剰な我慢を強《し》いてしまったのだ。

寂しくても辛くても、ママに会えると信じて我慢してひたすらいい子にしていたのかと思うと、血が出てるんじゃないかと感じるほど胸が熱くて痛い。

足をばたばたさせる蒼介を、膝をついて腕の中に抱き込んだ。

「蒼ちゃん！　ママは……すごく遠くにいるから、来たくても来られないだけ。蒼ちゃんはいい子だって、ママはちゃんと見てくれてるよ！」

「いい子にしてても、ママも悠ちゃんもどっかいっちゃうなら、もういい子なんてしない！　もうやだ！　やだやだやだやだーっ！」

この小さな身体のどこにこんな力があるのかと驚くほどの強さで、背中をのけぞらして暴れる蒼介を必死で抱きしめる。

泣きたくても、ママに会いたい一心で我慢していたのだろう。そのたがが外れた蒼介は、今までの分も一気にはき出すように泣き叫ぶ。

「ごめんね！　辛かったね。分かってあげられなくて、ごめんね。どこにも行かないよ。蒼ちゃんを置いてなんて、どこにもいかない……私もここに、いたい。蒼ちゃんと……克彦さんの側に、ずっといたい！　離れたくない！」

「いかないで。かちゅひこパパがどっかいけっていったんなら、蒼ちゃんがかちゅひこパパに、悠ちゃんをどこへもやらないでって、おねがいするから！」

一途な瞳からぽろぽろこぼれる涙が、悠希に勇気をくれた。

蒼介としっかりと視線を合わせ、力強く言い切る。

「大丈夫だよ、蒼ちゃん。私が自分で言わなきゃいけないこと……ううん。自分で言いたいんだ。蒼ちゃんと克彦さんが、この世で一番好きだって。ずっと側にいさせて欲しいって」

どこにも行かないと言い聞かせたが、蒼介は悠希が夕飯を作る間も、ずーっと抱っこにおんぶ。食べる際も悠希の膝の上。

とことんくっつかれてまいったが、悠希も蒼介と離れたくなかったのでそうさせておいた。

克彦が帰ってくるまで起きているとがんばっていた蒼介だったが、大暴れの大泣きで疲れたのだろう。いつもより早く眠ってしまった。

悠希はメイクを落とし、ブラジャーも外して素のままの自分に戻って克彦を待つ。

この姿が日常でありたい。

――その夢のためには、勇気を出さないと。

いつもより二時間ほど遅く帰ってきた克彦を、玄関まで迎えに出る。いつものことなのに、これからのことを思うと緊張する。

それが顔に出ていたのだろう。悠希の顔を見たとたん、克彦はいぶかしげに眉根を寄せた。

「ただいま。――何かあったのか？」

「……少しお時間をいただけますか？」

「それはいいが……改まって、どうした？」

お帰りなさいのキスもなくリビングに入ると、悠希はラグの上に正座し、克彦に向かって深々と頭を下げた。

「何でもしますから、私をずっとここに置いてください！」

「何の話だ？　悠希、とにかく頭を上げろ」

克彦も床に膝をつき、悠希の肩をつかんで向き合う。

困惑した克彦の眼差しに、困らせて申し訳ないという気持ちになる。好きな人を困らせたくない。だけど、好きだから、言いたくて言葉を続ける。

「水島さんが帰国されて、蒼ちゃんが引き取られても、蒼ちゃんの叔母として……克彦さんの妻として、蒼ちゃんと克彦さんの側にいたいんです」

「悠希……それは……」

「私は、克彦さんが――」

「待て！　それ以上は言わないでくれ！」

手で口をふさがれて、続く言葉に気付いたが聞きたくもないという意味かと、絶望的な気分になった。だが克彦の取り乱した様子を見ると、どうもそういうわけでもなさそうで、きょとんとしてしまう。

「くそう！　なんてことだ。先を越されるなんて！」

怒っているというか、焦っているというか。こんなにとりとめのない克彦は初めて見た。

「左手を出してくれ」

何が何だか分からないが、言われるままに左手を差し出すと、克彦は悠希の薬指にはまっていた指輪を抜き取り、無造作に投げ捨てた。

「あっ！　何するんですか！」

小道具といえども、あれは克彦の妻の証《あかし》。慌てて取りに行こうとする悠希の手を、克彦はしっかりとつかんで放さない。

「さっき、何でもするといったが、あれは本当か？」

「——はい」

「ならば、俺と結婚してくれ」

「……え？」

言葉は耳に入ってきたが、予想もできなかった言葉は頭の中をぐるぐる回り、捕まえられない。

脳内でこっそり目を回している悠希の前で、克彦はきちんと正座して居住まいを正す。

「さっきの指輪の代わりに、これを受け取ってほしい」

「代わりって……？」

克彦につられて背筋を伸ばして座り直した悠希に、克彦は手にしていた小さな紙袋から白いビロードのケースを取り出し、悠希に向けてふたを開けた。

「指輪?」

今までしていたごくシンプルなプラチナリングとは違い、なめらかな曲線を描き、小さな紫の宝石が埋め込まれていた。

「さっきのは、ただの芝居の道具だ。でも、これは違う。悠希のために用意した。これを、はめてくれないか?」

克彦が見せてくれた指輪の内側には、『Katsuhiko to Yuki』と刻印されていた。あしらわれた宝石も、悠希の誕生石のアメシストだそうだ。

仕事帰りに宝石店で受け取ってきたばかりという、悠希のために用意された指輪。それを手にして、克彦は悠希の目をじっと見つめる。

「この指輪が出来上がったら、結婚を申し込むつもりだったんだ。もちろん、男同士だから籍は入れられないが、蒼介のための芝居ではなく、俺と一緒に生きる伴侶になるという意味で、結婚してほしい」

「……どうして……」

「どうしてって! そんなの悠希を愛してるからに決まってるだろ!」

当然みたいに言われても、そんなの今初めて知った。

呆然としたまま目を瞬《しばた》かせると、克彦はじれたような少し困った顔をした。

「知られないよう、必死に隠していたんだ。でも悠希は、俺がみっともない様を見せても、呆れず側にいてくれた。だから悠希も、俺を憎からず想ってくれているんだろうと……そう思って、この指輪を用意した」

俺の勘は当たっているよな？　と眼差しで問いかけてくる。その少し不安げな様子は、いつもの不遜なほど自信家な克彦からは想像もできない姿だ。

「それで、さっき悠希が言いかけたことを言ってくれないか？」

「言いかけたことって……」

何だったっけ？　あまりに予想外の展開に頭がこんがらかって、ついさっき自分が何を言おうとしていたかまで分からなくなった。

思い出そうと悩んでいると、ここまで来てじらすのはやめてくれと懇願される。

「悠希は、俺のことを……どう思っている？」

「あっ、その……好きです。克彦さんのことが好きだから、側に置いて欲しいんです」

中断されてしまったが、これが言いたかったんだ。無事に言えて安堵の息を吐くと、同じく深く息を吐いて微笑む克彦に、左手を握られる。

「それじゃあ、これを受け取ってくれるな」

「……はい」

頷くと、克彦は真剣な面持ちで悠希の左手の薬指に、結婚指輪をはめてくれた。

ゆっくりと奥まで入っていく、その感覚に総毛立つみたいな喜びを感じる。

克彦が、自分のためだけに用意してくれた指輪。

前の指輪は、ケースごと膝の上にポイだったから何の感慨もなかったが、こうして手を取ってはめて貰えると、結婚指輪だと強く思う。

夢のような展開に舞い上がり、雲の上に乗ったみたいに不安定で頼りない感じがする。

「よく似合うよ、悠希」

自分の指にはまった指輪を夢見心地で見ていると、克彦に両肩をつかまれて引き寄せられる。

「悠希……」

「克彦さ……んっ」

甘い声で名前を呼ばれ、うっとりと呼び返せば、優しく口づけられた。

頬とは少し違う、柔らかな感触が心地よくて、与えられるままに受け止めてしまう。

初めてのキスは、とても優しくて悠希をうっとりさせた。相変わらず雲の上にいるようにふわふわした夢気分だが、自分を抱きしめてくれている克彦の力強い腕の確かさが、これは現実だと実感させてくれる。

「ずっと……どれだけこの日を待ったか」

「克彦さん……本当に？」

誠司が、克彦は手が早いと言っていた。でも自分は男で恋愛対象外だから手を出してこないと思っていたのに、好きだったとしたら、どうして行動に出なかったのか。

そう疑問をぶつけると、克彦は苦悩の日々を語り出した。

「嘘じゃない。初めて会ったときから、可愛いと思ってたんだ。化粧をしてウェディングドレスを着た姿なんて、まさに想い描いた理想の花嫁で——これが男だなんて、騙《だま》されてるんじゃないかと思ったが、本当に男だし。だから、こいつは男だ男だ、と言い聞かせて理性を保っていたのに、おまえはどんどん可愛くなっていくから、もう男だからどうだっていうんだって気になった。——でも、我慢した」

「それは……男同士ですもんね」

やはり抵抗はあるんだろう。悠希だって蒼介に背中を押されなければ、この気持ちは胸に秘めておくつもりだった。

だが克彦は、そんなことで悩んでたんじゃないという。

「違う。下手なことをして逃げられたら、俺も蒼介も泣き暮らす羽目になると思ったから、うかつなことができなかったんだ」

克彦が泣くなんて大げさだが、蒼介は悠希がいなくなれば間違いなく泣いただろう。だから躊躇《ちゅうちょ》した。

お互いに蒼介中心の思考回路に、顔を見合わせて笑ってしまう。

「蒼ちゃんと、克彦さんと……ずっと一緒にいたい。水島さんが帰国して親子で暮らすことになっても、時々は蒼ちゃんと会わせて貰えますよね？」

「当然だ。俺は蒼介の叔父で、悠希は俺の伴侶なんだから。蒼介だって会いたがってくれる」

「……でも、私が本当は男だって知ったら、どう思うか……」

傷付いたり怒ったりするかもしれない。それを考えるだけで胸が苦しくなる。

だが克彦は、そんな悠希を励ますみたいにぎゅっと抱きしめてくる。

「蒼介なら、きっと分かってくれる。俺も一緒に説明する。二人の問題だから、一緒に解決しよう」

「はい。克彦さん……」

抱きしめられるままその胸に身を任せようとして、自分の左手が視界に入り、大事なことを思い出した。腕を突っ張って克彦を押しのける。

「さっきの指輪！　どこいっちゃったんだろう？」

「もうあの指輪はいらないだろう？」

ソファの下にでも入り込んだのか、見当たらない。這《は》いつくばって探そうとしたが、克彦は悠希の腕を摑んで起き上がらせ、左手の新しい指輪を指し示す。

だけど、それはそれ、これはこれ。

「でもっ、あの指輪は克彦さんから初めて貰ったというか、預かった大事な物なのに！」

「悠希……おまえはどうしてそう、言うことなすこと全部が可愛いんだ！」

「え？　え、何の話ですか？」

反論の余地もなく、悠希は鼻息を荒くした克彦に横抱きにされ、ベッドまで運ばれた。

過ごし慣れたベッドなのに、何だか違って感じる。

いつもは少し離れて寝ている克彦に、のし掛かられて見下ろされているせいだろうか。

腕を伸ばして、そっと克彦の頰に触れてみる。

「ずっと、ここで一緒に寝ていたのに……なんか変な感じです」

「俺は、ずーっと辛かったよ。ソファに逃げても、おまえは追いかけてくるし。あれは地獄だった」

「ソファに逃げたって……もしかして、お腹を壊したって言ってた、あの日？」

すごく苦しそうだったから本気で心配したのに、と憤慨したが、あの苦悶が自分に手を出したいのに出せない葛藤からだったと思い直すと、とたんに嬉しくなってくる。現金な自分に笑ってしまう。

「あの日に、悠希を愛してると自覚したんだ。それまでは、おまえを好ましく思うのは蒼介によくしてくれているから、だから大切に感じると思っていた。だが、誠司が蒼介を世話してくれているのを見て、ありがたいとは思っても、悠希に抱くような想いは感じなかった。おまえが、おまえだから愛しいんだと……気が付いた」

「克彦さん……」

「愛してると自覚した相手と、ひとつベッドで寝て手を出しちゃいけないなんて、拷問だろ。だから、逃げたんだ」

悩ませた罰とばかりに、首筋に噛み付くみたいな激しいキスをされる。食い殺されそうな勢いに、背中がぞくぞくして、気持ちいい。

好きな人にならば、何をされても気持ちいいのだと初めて知った。

「悠希……？　悪い。ちょっとがっつきすぎたな」

身震いした悠希が怖がったと思ったのだろう。優しくなった口づけもまた気持ちよくて、吐息が漏れる。

「ん……ひゃっ！」

「相変わらず、脇は弱いな」

克彦に脇を触られて、思いっきりびくついてしまった。

シャツを脱がそうとしたのだと分かるけれど、脇の辺りに触れられるとくすぐったいからやめて欲しい。

「やぁだっ！　くすぐったい」

「くすぐったい、だけか？」

「んっく！」

シャツの隙間から手を突っ込まれ、肌を直に手のひらで撫で上げられると、ぞわっと総毛立つ感覚がして、一瞬の寒さの後に内側から熱がわき上がってくる。

克彦は、そのまま悠希のシャツをめくり上げて脱がせ、ズボンのボタンにも手をかける。

「あ、あの、自分で……脱げますから……」

「脱がせたいんだ」

「でも、あの……克彦さんも、脱いで？」

自分だけが脱がされるなんて恥ずかしかったからだが、よく考えると誘い文句だろう。

実際に、克彦は膝立ちになって怒濤《どとう》の勢いでシャツを脱ぎ始めた。

嬉しいけど、恥ずかしい。でも自分も脱がなきゃ。起き上がってもそもそズボンを脱ぎ出すと、上半身裸の克彦が立ち上がって窓際のデスクに向かった。

その引き出しから出した、何かを手にして戻ってくる。

何だろうと思っていたら、克彦はそれを悠希に見せてくれた。

「ローションだ。いつか使える時がくるかもと、買っておいたんだ」

「ローション？　――って！」

セックスの時に使うものだ。今からそれをするのだと突きつけられた気がして、変に動揺してしまう。

想いを受け止めて貰えたら、こんな展開もありかもと多少は覚悟していたのに、実際に始まってみるとどうすればいいのかまったく分からず、不安に心臓がばくばくいう。

だけどローションを手に少し照れた笑顔を浮かべる克彦を見ると、いったいいつから用意してたんだろう――いつからこの時を待っていてくれたんだろうと嬉しくなって、胸の鼓動は不安から喜びの高鳴りに変わる。

「無理なようなら、最後まではしないから」

「そんな、ちゃんとできます！　さ、最後、まで……」

「無理はするな」

ここまで来て、途中で泣き言は言いたくない。だから決死の思いで覚悟を告げたのに、克彦はあっさり言い切って悠希の頭をぐしゃぐしゃ撫でた。

「これから、ずっと一緒に暮らしていくんだ。無理なことは無理だと言えないと、長続きしないぞ？　それに、大事なおまえに痛い思いはさせたくないからな」

無理なことを我慢するより、無理と言うのも愛情なんだ。

そう言われると、決意に強《こわ》ばった心も身体も、柔らかく解《ほぐ》れていく気がした。

「克彦さん……できる限り、がんばりますので、よろしくお願いします」

「ああ、分かった」

優しい胸に頭を抱きせられるままに身を任すと、そっとベッドに横たえられた。

「うっ、ん……」

いつもはブラジャーでごまかしている、薄い胸板。そこに申し訳程度にある小さな突起に、克彦はむしゃぶりつくように吸い付いてくる。ちゅっ、と音を立てて吸い上げ、形があらわになると軽く歯を立て、唇でも甘噛みをする。

「あっ……」

くすぐったいのと痛いのと、微妙な感覚が混ざり合い、自然に背中をしならせてしまう。

その隙間から手を差し込んだ克彦は、手を背中に沿って滑らせおしりの割れ目まで到達させる。

「やっ、ん！」

谷間の始まりをさわりと撫でられると、思わず大きな声をあげてしまう。それも甘えたみたいな声だったから、恥ずかしくなった。

「や、やっ、そこ……あん！」

「悠希……いい声だ」

克彦は首筋に口づけながら、満足げな呟きを漏らす。そのかすかな息づかいでさえ、ぞくぞくするほど愛しく感じる。

「そんなっんっ……んうっ」

変な声は出さないようにしようと意識して堪えても、克彦が指を動かすたびに声が出る。

それもどんどん変な声になっていき、恥ずかしさに顔が火照る。

「やあ、だっ！」

割れ目を上下していた手が、窄《すぼ》まりに達すると、さらに大きな声が出た。

そんなところを触られるなんて——覚悟はしていたはずだが、実際に触られると身体が強ばり、すくんでしまう。

「悠希……まだ、しないから。大丈夫だ」

「すみません、ちょっと……びっくりしただけです」

強ばって震える悠希の肩へ顔を埋《うず》めて抱きしめてくれる克彦に、大げさに驚いたことを謝ると、克彦は再び優しいキスからやり直してくれた。

軽く合わせた唇を舌で舐《な》められ、びくりとまた身体が強ばる。

初心《うぶ》な悠希相手に、遠慮がちで窺《うかが》うみたいな優しさで、克彦は唇を唇で甘噛みしてくる。

悠希が受け入れる証に少し口を開けると、口内まで舌が入り込んできた。

「んっ……ふぁ！」

熱くぬめった舌の感覚に驚いて、とっさに顔を背けてしまった。

「ご、ごめんなさい！」

決して嫌だったわけじゃなく、驚いただけ。そう言おうとしたが、克彦は分かってると微笑んで悠希の頬をなでた。

「すまない……本当にどれだけがっついてるんだ、俺は……」

こっちの方が童貞みたいだなんて言いながら、ついばむみたいなキスを落としてくる。キスの合間に、悠希の頬や髪を撫で、悠希の緊張を解していく。

「克彦さん……」

悠希もぎこちなくだが克彦の頭をかき抱いて、髪を梳く。蒼介のとは違う、黒くて張りのある髪の指触りも心地よくて、愛おしい。

克彦は悠希の唇から首筋、胸に腹におへそにまで舌と唇を這わす。

丹念な愛撫を与えてくれる克彦に、自分はどう応えればいいのか、視線で問いかける。

「気持ちいいか？」

「……はい」

「なら、そのまま俺を感じていろ」

言われるがまま身体の力を抜くと、すでに勃《た》ち上がっていた中心にまで口づけられ、一気に身体が硬直する。

「克彦さんっ、そんな、あっ！　そんなとこっ……はぁ、あんっ」

そんなところ舐めないでと言う前に銜《くわ》え込まれ、言葉に詰まる。

ただ荒い息を吐く悠希と違い、克彦は饒舌《じょうぜつ》だった。裏筋をなぞり、先端のくぼみに尖らせた舌をねじ込むみたいにして、悠希の欲情を引きずり出す。

初めての刺激に、悠希の性器はあっという間に克彦の口内でずきずき脈打つほどに昂《たか》ぶってしまう。

腰の辺りまで熱をはらんでうずき、その熱をはき出したくて堪らなくなる。

「んっ……も、だめっ、克彦、さん……」

「何が、駄目なんだ？」

「も、がまん……できなっ……あっ、んくっ」

「構わない、出せ」

しゃべる際も、敏感な先端に口づけるみたいにされるから、ますます堪えが利かなくなる。

「やぁだっ、克彦さんの……口、に……って……」

そんなの無理と頭を振る。恥ずかしいし、克彦の気分が悪くなったりしたらどうすればいいのか。

けれど悩む心とは裏腹に、身体はとにかく達したいとうずく。

おかしくなりそうに全身が熱くて、身もだえてしまう。

やだやだと、なりふり構わず克彦の肩を押しのけようと腕を突っぱねると、ようやく口内から解放してくれた。

「悠希は、蒼介よりわがままだな」

「だ、だって……」

「おまえは……本当に可愛いよ」

思わず涙目で見つめると、その赤らんだ目元に口づけられる。そのまま、頬に鼻の頭に、

もちろん唇にも、ところ構わずキスの雨を降らされる。

「ん……んんっ」

「悠希？　……どうしてほしい？」

優しいキスはとても心地がいいのだけれど、熱に悶《もだ》える下半身はそんなものでは納得しない。

何とか鎮まってくれないかと身をよじると、悠希の気持ちを見透かした克彦が、耳朶《みみたぶ》を甘嚙みしながら意地悪な問いかけをしてくる。

「悠希のお願いなら、何でも聞いてやるぞ？」

「克彦さん……も……いきたい……です」

素直に言うまで、絶対にいかせてくれないのは分かっているから、口に出した。だけど自分の言葉が恥ずかしすぎて、耳まで熱くなる。

そんな悠希を、克彦は「よく言えました」とばかりに優しく頭を撫でてくれた。

「これなら、いいだろ？」

頭を抱き寄せられ、脈打つ中心を手でやんわり包み込まれる。

欲情に滾《たぎ》ったものを、優しく扱われると、恥ずかしさがより増す。もっと激しくてもいいと言いたかったが、口に出したらまた誘っていると思われるから、その言葉は飲み込んだ。

「ふっ、あ……あ、うっん……」

だけど、克彦の手の動きに合わせて、声がもれるのは抑えられない。

手の方が口よりはましという程度で、やっぱり恥ずかしい。

でも気持ちよくって、やめてほしくない。

「か、克彦さ……ん」

「悠希……」

「あっ！　……はぁ、あ……んっ」

どうしようもなくて克彦を呼ぶと、見つめながら名前を呼び返してくれる。

その声と眼差しの優しさに、射貫かれたみたいに一気に達してしまった。

じらされたせいか、達したはずなのに脈動がなかなか治まらない。

いったいどうなっているのか、そっと頭をもたげて自分の下半身の状態を見てみると、胸まで飛び散るほど射精したのに、まだびくびく震えながら蜜を垂らしている。

自分でしたときに、こんな風になったことはなかった。

「たくさん出たな」

感じすぎる自分が怖いくらいだったのに、克彦は嬉しそうな顔で、自分の手を濡らす悠希の白濁した蜜をぺろりと舐めた。

「克彦さん！　何するんです！　そんなの舐めて、お腹壊したらどうするんですか！」

慌てて起き上がり、その場に脱ぎ放しになっていたシャツで克彦の手をぬぐう。

「腹をこわすって……そんなわけないだろ」

「で、でも！」

恥ずかしいし、心配だし、こういう場合どうするのが正しいのか、まったく分からない。

「好きな相手が、自分の手で気持ちよくなってくれた証なんだから、少しくらいいいだろ」

本当は全部飲み干したかったなんて耳元でささやかれ、思わず俯いた視線の先に、堂々と屹立した克彦の欲情の印を見つけた。

通常時でも大きいと感じたそれの迫力に、思わず顔が引きつる。

「悠希……その……俺はいいんだ。まだ待てる。今日はここまでで十分だから」

克彦は悠希の髪を指で梳き、おでこから頬まで手のひらを滑らせて上向かせ、軽いキスを落とす。

そのまま優しい仕草で悠希の肩を押して横たえると、布団を掛けてくれた。

「克彦さん……あの……」

「いいから、寝ろ。……というか、寝てくれ」

「寝てくれって、そんなことできるわけないでしょう！」

そうは言っても、自分が克彦に何をしてあげればいいのか、見当が付かない。

男同士が手や口で高め合うのは、知識として知っていた。その先のことも知っている。

でも、漠然と知っているだけ。始めてみれば何とかなるだろうし、克彦がリードしてくれるだろうなんて、具体的に考えるのを逃げていた。

どうすれば克彦にも気持ちよくなって貰えるのか、何も考えつかない自分が情けなくなる。もっとちゃんと男同士のやり方を勉強しておけばよかった。

「悠希が俺のしたことで気持ちよくなってくれて、それだけで嬉しいよ」

「大事にしてくれる、心遣いはとっても嬉しいです。だけど、私だって克彦さんに気持ちよくなってほしいです！」

「その気持ちだけで十分だ。――お休み」

必死に訴えても、克彦は自分も横になって悠希を腕の中に抱き込む。

頑《かたく》なに目を閉じて寝たふりをするが、克彦の下半身はぱっちり起きている。このまま寝るなんて、絶対に無理だろう。

――さっき、おしりに触られただけで大きな声を出してしまったせいだ。

無理をさせたくないと言ってくれるのは嬉しいが、それは悠希だって同じ。克彦に我慢なんてさせたくない。

「克彦さん……」

「まだ待てると言ってるだろ。頼むから寝てくれ」

恋人に裏切られる前の克彦は、誠実な付き合い方をする人だったと聞いていた。

自分が今、恋人として大切にして貰っていると実感できて嬉しかったが、だからこそ、恋人として悠希も克彦と誠実に向き合いたい。

「ローションが、あるじゃないですか」

「……悠希。寝なさい」

「克彦さん……して」

どう誘えばいいのか分からない。ただ心の赴くまま、悠希は自分から克彦の唇にそっとキスをした。

眠り姫ならぬ、寝たふり王子は新妻のキスで目覚めるものらしい。

克彦はようやく目を開けて、悠希を見た。

「悠希……だが」

「克彦さんのしてくれることは、全部……気持ちいいですから」

ゆっくり、ローションを使えば大丈夫なはず。できるところまでやろうと言うと、克彦はようやく身体を起こした。

「悠希……おまえは本当に……何もかもが想像以上だ」

克彦にすべて任せるつもりで、悠希は言われるままにうつぶせになる。それから少しだけ腰を浮かし、おしりを突き出す格好をさせられた。

「克彦さん……これで、いいんですか？」

「ああ。そのまま、もう少しだけ……足を開いて」

消え入りたいほど恥ずかしいが、克彦の願いなら何でも聞いてあげたい。黙って従うと、ぬるっとしたものがおしりに触れた。

「あっ、ん?」

「ローションだから。大丈夫だ」

そのまま、ぬるぬるは悠希のおしりの谷間を上下する。さっき触られたときより、ずっとぞくぞくして、声が出そうになるが、変な声を出したらまた克彦はやめてしまう。枕を噛んで必死に声を殺す。

「んっ、……んー……んんっ!」

窄まりの上を何度か行き来したぬめった指が、一本するりと中まで入ってきた。

「悠希、やっぱり痛い――」

「痛くないです! ほ、ホントにっ」

一瞬息が詰まったが、痛くはなかった。だからやめないでと振り返って懇願すれば、克彦は嬉しそうに悠希に覆い被さってきた。

「悠希……」

「んっ、あ……あんっ」

中に入った指を、引き抜くのかと思うとまた中まで押し込まれる。何度も繰り返されるうち、根元まで全部受け入れられた。

でも、それだけですむはずもなく、また浅くなった抜き差しは異物感を増し、指を増やされたと知る。それがまた、浅く深く、身体の内側で行き来する。

「あっは……んあっ、あ……あ、ふ……」

その動きに合わせて声がもれるが、奇妙な感覚を受け止めるのが精一杯で、快楽を感じるには至らない。

「悠希、もうこれ以上は、無理か？」

「いえ……気持ち、いい……です」

「……嘘つきだな」

「やっ、あん！」

克彦にやめさせないために言っただけ、とすぐにばれてしまった。くったりと萎《な》えた前を握られて、背中をしならせてしまう。

「本当に、気持ちよくしてやるから、待ってろ」

後ろに指を入れられたまま、前を扱《しご》かれると、すぐにも下半身全体が熱くなって、心臓がものすごい勢いで血液をそこに送り込んでいる気がする。

貧血になったみたいに、目の前が暗くなって浮遊感にさいなまれる。確かに感じるのは、自分に覆い被さっている克彦の存在だけ。自分が克彦のものになっていると思える喜びが、快楽に変わっていく。

俯くと、単調に、だが激しく手を上下に動かす克彦の大きな手に包まれて、自分がまた蜜を垂らしているのが見える。

——また自分だけ達してしまうなんて嫌だ。

「か、克彦さん、気持ちいい！　ホント、に、いい。だからぁ……も……入れて！」

「悠希！」

「んうっ……ん……ああっ！　くっ！」

叫ぶと同時に後ろの指を一気に引き抜かれたと思ったら、ぐっと硬いものが押し当てられたのを感じた。

それが何か思い当たり、恐怖と期待に、身震いしてしまう。

「口を開けて、息を吐いて……」

克彦が、今どうしてそんなことを言うのか、分からなかったが、ただ言われたことを実行して大きく息を吐く。すると、ぐんっ、と押し当てられていたものが中に入ってきた。

「あぅっ、んくっ……」

「……悠希……無理なら……」

「へぃ……き……痛く、ない……克彦さ……はぁ……」

言われたとおりに大きくゆっくり呼吸をすると、克彦はそれに合わせて慎重に腰を進める。前に押し上げられる感覚をシーツにすがって耐え、自分からおしりを突き出す。

——克彦のためなら、何でもする。

「もっと……きて、もっと……克彦さん……好き」

「悠希、俺もだ……悠希、愛してるっ」

後ろから抱きしめられ、ぐっと奥まで突き入れられた。

「ああっ、克彦さん！」

中に感じる熱も異物感も、背中にかかる獣みたいな荒い息も、克彦のだと思うとすべてが愛おしい。

「もっと……きて……全部……私の、だから」

「悠希！　そうだ。全部、おまえのだ」

「あ……克彦、さ……」

片手を後ろに回し、自分の首筋にキスしている克彦の髪に指を絡めて引き寄せ、もっとをねだる。

克彦を受け入れた部分は、熱を持ったようにひりひりと痛むし、内臓が内側から押し上げられるみたいで息すら苦しい。それでも、もっと奥で克彦を感じたい。

「全部……入れて……」

その言葉に、さすがに理性が切れたのか、克彦は性急に腰を使い始める。激しく揺さぶられて、波立つシーツを握りしめ、どこかに飛んでいきそうな意識をかろうじて保つ。

「はっ、あっ、あっ……あんっ、いい……っ」

「悠希……すごい……こんな……」

克彦の苦しいような荒い息と、漏れ出る欲情に染まった声が耳に心地よく響く。

くちゅくちゅと下半身からもれるローションのしめった音と混じり合い、堪らなく淫靡だ。

腰の動きに呼応するように前を扱かれ、悠希の滾る強張りの先端からはとろとろと蜜が漏れ、自分が克彦の熱で溶けてしまっている気分になる。

こんな感覚も快楽も、味わったことがない。あえぎに乾く唇を舐め、克彦のくれるすべての快楽を堪能する。

「ああっ、は……あん、あ……い、いっ、気持ちい、い……いいっ！」

深く浅く、繰り返される律動に身を任せると、悠希はあっけなく爆《は》ぜてしまった。

「あ……はぁ……んぅっっ」

「くっ、悠希！」

達したことで身体の力が抜けた。その瞬間に、最奥まで穿《うが》たれ身体の奥にどくどくと熱い何かが注がれたのを感じる。

「あ……かつ……ひこ……？」

「悠希……悠希の中に……俺を、感じるか？」

「……うん。克彦さん……嬉しい」

繋がったままだが、何とか後ろを向くと、克彦も満足げな笑顔でキスをしてくれた。

今までは枕を並べて眠っていたが、今夜からは克彦の腕枕でぴったりと寄り添って眠る。幸せな変化を実感したくて、克彦の胸にすり寄って見上げれば、真剣な眼差しを返された。

「明日、蒼介に本当のことを話そう」

「本当の、ことを？」

何をどこまで話せばいいのか。考え込む悠希に、克彦は明るく笑いかける。

「何もかも全部、話そう。悠希は男だが、俺たちは夫婦みたいにずっと一緒にいるんだと。二人とも、蒼介のことを愛してるってことも、隠さずに、全部」

「いきなり全部というのは……」

「話せば、分かってくれる」

水島と断絶を恐れて話し合うことから逃げていたことへの反省か、強く言い切る克彦に、悠希も固い決意を持って頷いた。

「何があっても、蒼ちゃんのこと愛してるって、伝えたい」

「こんないい男二人に愛されるなんて、蒼介も罪作りだな」

二人して、蒼介に片思いしてるみたいだと笑い合う。

不安はあるけれど、克彦となら乗り越えられる。

「克彦さん……愛してます」

「俺もだ」

「そこは、ちゃんと言葉にしてくださいよ」

恥ずかしいけどがんばって「愛してる」と言ったのに、「俺も」だなんてあんまりだ。

そうむくれてみせると、克彦は意地悪い笑顔を浮かべた。

「愛してるよ。ちゃんと態度で伝えたつもりだったが、伝わってなかったんだな」

「え？　態度でって……」

どういう意味かと目を丸くしていると、再び克彦がのし掛かってきた。

「伝え方が足りなくて、悪かった。今度は、たっぷり愛してると分からせてやるからな」

挑みかかる眼差しに、血の気が引く。

「やっ、あの、分かりました！　十分に伝わってました！」

「悠希……愛してる」

逃げようとしても、その耳元でそんな言葉をささやかれたら、抵抗なんてできなくなる。

「もっと……愛して」

のし掛かってくる広い背中に、悠希は自分から腕を絡めた。

白のシャツにサスペンダーと蝶ネクタイを身につけた蒼介が、白で統一された明るい室内をはしゃいで走り回っている。

その後ろを、ジャケットを持ったスタイリストの女性が追いかける。

「蒼ちゃん！　いい子にしないと、お写真撮って貰えなくなるよ？」

「ヤダ！　おしゃしんとって！」

「だったら、お姉さんにごめんなさいと謝って、ちゃんと服を着せて貰いなさい」

悠希と克彦にたしなめられ、ようやく大人しくなった蒼介は、スタイリストにちょこんと頭を下げて謝ってからジャケットに袖を通す。

最近、すっかりいたずらっ子になった蒼介に手を焼かされる。だけど、克彦も一緒に叱ってくれるようになったし、何よりそんな変化も成長のひとつと思えば嬉しかった。

——しかし、蒼介は現状をちゃんと理解してくれているのか。

純白のウェディングドレスに身を包んだ悠希は、隣に寄り添う白銀のモーニングコートを着込んだ克彦を見上げる。

「蒼ちゃんは……本当に私が男だって、分かってくれたんでしょうか……？」

「全部説明をしたし、本人も納得してくれていただろ？」

何を今更と克彦は笑うが、だったらどうしてこんなことになっているのか。

この状況に既視感を覚えながら、悠希はここに至る経緯を思い返した。

あの日——克彦からプロポーズされた翌朝、無理をして疲れ切った悠希は、昼頃までまともに起きられなかった。

昨日のこともあってか、蒼介がひどく心配してベッドに潜り込んで離れてくれなくて困ったが、克彦が「悠希とずっと一緒にいたいなら、悠希と克彦パパの言うことをちゃんときくこと」と言い聞かせて連れ出してくれた。

克彦が朝食を作って食べさせ、昨夜放り投げた指輪も『宝探しごっこ』なんて上手いことを言って、蒼介と一緒に探して見つけ出した。

それから、何とか起きられた悠希とそろって、本当のことを打ち明けた。

リビングのソファに蒼介を挟んで座り、蒼介の両方の手を克彦と悠希が片方ずつ握る。

そうして、なるべく蒼介にも分かりやすい言葉を選ぶ。

悠希が本当は男だということ、日本では同性同士は結婚できないが、克彦と悠希は夫婦と同じように一緒に生きていくこと。そして何より、二人とも蒼介を愛しているからずっと一緒にいたいこと——まだ幼い蒼介には全部は理解できないだろうけれど、それでも何もかもを隠さず話した。

「蒼ちゃんや、蒼ちゃんのパパにも嘘をついていたんだ。ごめんね」

「悠ちゃん、ホントはおんなのひとじゃないの？」

「うん……だから――」

「だから、おっぱいぺったんこなんだー」

真剣な二人の雰囲気に飲まれてか、神妙な面持ちだった蒼介が、にっこり笑顔を浮かべた。

「蒼ちゃん！　やっぱり気がついてたの……」

「さすが、子供はおっぱいのエキスパートだな」

「……克彦さん」

おかしなことを感心する克彦を軽く睨むと、「おまえの偽胸もなかなか触り心地はよかった」なんて、斜め上な慰めをかけられる。

就寝時に胸を触る癖のある蒼介は、やっぱりだませていなかった。毎日ブラジャーを着け続けた苦労は何だったんだ、という敗北感と同時に、どうして何も言わなかったのかが気になった。

「どうして悠ちゃんの胸が嘘っこだって、気がついたのに黙ってたの？」

「おっぱいちっちゃいとかおっきいとか、いっちゃダメって、パパが」

蒼介は以前、アニタの胸の方が大きくて触り心地がいいと言って加奈子を落ち込ませ、水島から厳重注意を受けたらしい。

「蒼ちゃん、おっぱいがちっちゃくてもママがすき！　おっぱいがなくても悠ちゃんもすき！」

「あ、ありがとう……蒼ちゃん」

ちゃんと理解してくれているのか怪しいものだったが、それでも「好き」という言葉をくれる蒼介を、悠希はぎゅっと抱き寄せた。

今日の悠希は、化粧をしていなければ偽胸も付けていない。それでも蒼介は、いつもと変わらぬ笑顔で、ぺたんこの胸板に頬をすり寄せてくれる。

――もう嘘なんて付かなくていい。本当の自分で、一緒にいられる。

そう思ったら、胸の奥と目頭が熱くなった。

「悠希……」

腕の中の蒼介に気付かれないよう静かに涙を流す悠希を、克彦がさらに抱きしめる。

「蒼ちゃん、つぶれちゃうーっ！」

「暴れないで、蒼ちゃん！　くすぐったいよ」

二人に両サイドからぎゅうぎゅうに抱きしめられた蒼介は、楽しげにはしゃぐ。

腕の中に幸せなぬくもりを感じ、悠希も涙を手の甲でぬぐって笑顔になる。

リビングの片隅にある祭壇に視線を送ると、とんだとばっちりで貧乳ばれした加奈子が、苦笑いをしている気がした。

「蒼介。嘘を付いたお詫びに、何でも言うことを聞いてやるぞ？　何か欲しいものや行きたい場所はないかな？」

「んー……いきたいとこ……？」

またそんな甘やかすことを言い出した克彦に呆れたが、共犯者として今回ばかりは従わざるを得ない。

それに、可愛く首をかしげて考える蒼介の楽しそうな顔に、こっちも何を言い出すかとわくわくした気持ちになってくる。

「蒼ちゃん、けっこんしきにいきたい！」

「えっ？」

どういうことかと互いに顔を見合わせる克彦と悠希を尻目に、棚へ走っていった蒼介は、二人の結婚写真を手に戻ってくる。

「これ！　ここに蒼ちゃんもいっしょにうつるっ！」

そういえば蒼介は、両親の結婚式の動画に自分が映っていないことを、やたらと不満がっていた。よほど結婚式に参加したいのだろう。

気持ちは分かるが、これはただの小道具として撮影スタジオで撮ったもの。

「それは結婚式場じゃなくて、写真屋さんで撮っただけだし、悠ちゃんは男だから、ドレスなんて本当は着ない――」

「蒼ちゃんだけ、なかまはずれはダメ！　……これからも、ずーっと、みんなでいっしょなんでしょ？」

「そ、それは、そうなんだけど……」

「そうだな。みんなで一緒に暮らすんだから、みんな一緒の写真があって当然だ」

健気《けなげ》な蒼介にぐらりと心が揺れたが、にやけた克彦の顔を見ると揺れた心も立ち直る。

この撮影に、悠希はどれだけ苦労をしたことか。

みんなでよってたかっておもしろがっていたが、悠希は生まれて初めて化粧をされて、ウエストをぎゅうぎゅうに締め付けられて、本当に大変だったのだ。

克彦だって、あの頃はまだ意地悪全開で、身支度を終えた悠希を見て鼻で笑っていたくせに。昨夜は悠希の花嫁姿を「理想の花嫁だった」なんて上手いことを言っていたけど、当日の態度を思い返すと腹が立ってきた。

「普通に家族写真でいいでしょう？」

「イヤ！　悠ちゃんのしろいドレスがみたい！」

克彦に腹は立っても、蒼介に罪はない。それに、嫌なお願いを聞いてあげてこそ、蒼介をだましたことへの贖罪《しょくざい》になるのではと思えた。

「……それじゃあ、写真を撮るだけだからね？」

「やったー！」

「よし。では、すぐにスタジオに予約を入れよう！」

無邪気にバンザイして喜ぶ蒼介は部屋を駆け回り、克彦はモバイルパソコンを取り出し、自分の予定を確認して撮影スタジオを予約する準備を始める。

「もー、やだ。何この展開……」

楽しそうな二人を眺めながら、悠希はいじけてソファに寝転んだ。


撮影は次の日曜日に決まり、以前に利用したのと同じ撮影スタジオに、今度は克彦と蒼介と悠希の三人で向かった。

——人生で、二度もウェディングドレスを着た男なんて、自分くらいのものじゃないだろうか。

悠希は久しぶりのコルセットの締め付けにうんざりしたが、嬉しそうな蒼介と克彦を目にすると、やってよかったと思える。

それに今回は、前回と同じようでもずいぶん違う。

ドレスは小柄な悠希に合わせて、重心が高いハイウエストで裾はふんわり広がるプリンセスラインと呼ばれる物をいくつか勧められ、蒼介が悠希に着てほしいという物を選んだ。

結婚指輪も、自分のためだけに用意された物。この指輪を眺めていると、気分もよくなる。

今回は、ベールもこの方が背が高く見えるとかで前よりふんわりした長めの物にされたので、スタジオセットに入ってから装備した。

花をあしらったベールとブーケで完璧な花嫁姿になった悠希を見て、蒼介が瞳をきらきら輝かせる。

「悠ちゃん、きれー！」

「ははは……ありがと、蒼ちゃん。蒼ちゃんも格好いいよ」

克彦とおそろいの白銀のモーニングコートを着た蒼介は、得意げに胸を張る。

この笑顔のためなら、何でもできる！　そう男らしく決意するが、この格好ではなぁ、とため息が漏れるのはいかんともしがたい。

花婿と花嫁、そしてその子供、と絵に描いたような幸せ家族の結婚記念撮影。

でも本当は、花嫁は男だし子供は実子ではないし——これから先のことを思えば、不安はつきない。

けれどだからこそ、どんな困難にぶち当たったときでも、これを見たらがんばれる起爆剤になるくらい、幸せそうな写真にしたい。

悠希は前向きに決意を固め、カメラに向かって微笑む。

「はーい、花嫁さん、いい表情いただきました！　花婿さんもボクも、花嫁さんばっかり見てないで、こっち見てねー」

相変わらず陽気なカメラマンに指示されるまま、克彦と見つめ合ったり二人で蒼介を抱きしめたりと、様々なポーズを取る。

「今回は、ずいぶんのりがいいな」

「二回目ともなれば、慣れもします」

「……前も、その場で脱がせたくなるほど可愛かったぞ」

不機嫌そうに見えたのは、そんな下心を抑え込んでいたから——。

蒼介には聞こえないよう、ぼそりと耳元でそんなことをささやかれ、思わず赤面してしまう。

「なっ、こ、こんなとこで何言い出すんですか！」

「なぁに？　なんのおはなし？」

「大人の話だ」

「蒼ちゃんも！　そうちゃんも、おとなのおはなしするー！」

自分の頭上で二人だけの会話を交わされて、蒼介が自分も混ぜてと克彦に飛びかかる。

「はい、みなさん、視線はこちらに。家族会議はお家で。家族計画は寝室でお願いしまーす」

カメラマンに明るくたしなめられ、三人そろって肩をすくめて笑った。

一通りの撮影を終え、更衣室へと戻った悠希は、やっとこの重い衣装とコルセットから解放されると安堵の息を吐いた。

だがそこに、何故かピンクのドレスを手にしたスタイリストを従えた蒼介がやってきた。

「次はね、このドレスきて！」

「ええ？」

「いろなおしり？　お、いろ……なし、で、およめさんは、きがえるんだって」

「お色直し、ね。どこでそんなこと聞いてきたの？」

加奈子の結婚式の動画で、加奈子は一度も着替えていない。誰から聞いたのか、予想は付いたが訊ねてみると、ちょうどそこへ克彦が乗り込んできた。

「蒼介！　お色直しは、ドレスじゃなくて着物だよ。悠希は白無垢の方がいいと言っていただろ？」

「言ってません。一言も言ってませんから！」

リアルに頭痛がしてくる展開に、額に手を当てて俯いてしまう。そんな悠希を尻目に、克彦と蒼介は互いの主張をぶつけ合う。

「しろはドレスきたから、もーいーのっ。悠ちゃんはかわいーから、ピンクがにあうの！」

「日本の花嫁さんといえば、白無垢か打ち掛けなんだよ。ピンクがいいなら、色打ち掛けにしようか。どうする？　悠希」

「ドレスも白無垢も打ち掛けも、どれもないです！」

「えーっ！」

「そう言わずに。せっかくなんだから——」

「コルセットって苦しいんですよ！　もう脱がせてください！」

「悠希……またそんな台詞《せりふ》を堂々と……」

いくら悠希が細身だといっても、女性とは骨格が違う。至極残念がる二人には悪いが、コルセットで締められた肋骨《ろっこつ》の辺りが痛いくらいに苦しくなってきていた。

切実な表情で訴えると、さすがに分かってくれたようだ。

「悠ちゃん……くるしーの？　いたいの？　いたいところ、蒼ちゃんがなでなでしてあげる」

「大丈夫。腰をね、ぎゅーってされて息がしにくいだけだから」

ひどく心配そうに駆け寄ってきてくれた蒼介に、申し訳ない気持ちで笑顔を向ける。

何でも願いを聞いてあげたいけれど、これからさらに別のドレスに着替えて撮影に応じるだけの気力と体力は残っていない。

「ごめんね、蒼ちゃん。ピンクのドレスは無理だけど……ピンクのスカートでよければ、お家で穿《は》いてあげるから」

「悠ちゃんがいたくなるなら、スカートはもーいい！　……でも、あれだけしてほしーの……」

「あれって？」

「パパがママにしてあげてたの。だっこして、クルクルーってするの！」

式の最後に、水島が加奈子を抱き上げてくるくる回っていた。あのシーンは、蒼介の一番のお気に入りだった。

「よし！　克彦パパにまかせろ！　悠希、もう少し我慢できるか？」

「はい……でも、この衣装、結構重いですよ？」

「これくらい、軽いものだ！」

言うなり、克彦は悠希の背後に回り、一気に横向きに抱え上げた。

いわゆる『お姫様抱っこ』を、恥ずかしがる暇もなかった。そのまま勢いよく回り始める克彦の肩に、必死で掴まる。

「か、克彦さんっ、こんな所で、わぁっ！」

更衣室は狭い上に衣装などの荷物も置かれている。危ない上にムードも何もあったものではない。

「悠ちゃん、きれーっ！　おはなみたい！」

それでも、蒼介は他のものなど目に入らない様子で克彦と悠希を見つめ、「パパとママとおんなじ」と手を叩いて喜ぶ。

——蒼介のパパとママみたいに、自分と克彦も深く愛し合い、最後の時まで一緒に暮らしていけるだろうか。

ふわふわ広がって舞うスカートの裾に負けないほど、心がふわつく。心も身体も不安定な状況に、克彦にすがりつく手に力を込めると、克彦は「大丈夫」と強い眼差しで見つめてくれる。

——どんなときでも、この人がいてくれれば大丈夫。

目を回した克彦が止まってくれるまで、悠希は幸せなふわふわ感を味わい続けた。


三人で結婚式写真を撮った次の日、ようやく水島と電話が繋がり、本当のことを告白できた。「あの結婚写真の女性は、お姉さんかモデルさん？」と訊ねる水島に、本人の女装ですと言ったが、なかなか写真の悠希が男とは信じて貰えなかった。

——しかし、実物を目にすれば、さすがに信じてくれたようだ。

電話をしてから数日後、ちょうど数ヵ月ぶりにまとまった休暇を貰った水島が、一時的にだが日本に帰国し、蒼介に会いに来たのだ。

ノーメイクで、ぺたんこの胸が丸わかりのTシャツ姿。女装を始めてからずっと長めに保っていた髪も少し切った悠希は、さすがに女性に見えない。

「いや、本当に男の人だったんですね。って、こんな言い方しちゃ失礼ですよね」

「いいえ。失礼なことをしたのは私ですから」

「やらせたのは俺です。申し訳ありませんでした」

今日は日曜日ということもあって、克彦も家にいた。平日だったとしても、克彦は休みを取ってでも水島と会うことを選んだだろうが。

ダイニングのテーブルに向かい合って座り、二人揃って頭を下げる克彦と悠希に、水島は慌てて両手を振って頭を上げるよう促す。

「加奈子と蒼介のためを思ってのことですから、僕が怒る権利はないです。むしろ、ここまでしていただいて、ありがたいです」

初めての顔合わせに緊張した悠希だったが、水島は電話で話していたときそのままの、穏やかで優しい人だった。

普通の夫婦ではなく、ゲイのカップルに息子を預けることも、抵抗なく受け入れてくれた。背負っていた秘密を下ろせた安堵感に、悠希は肩が軽くなったみたいでほっと深く息を吐いた。

「もっと早くにご挨拶にきたかったのですが、加奈子の闘病中に何日も休みをいただいていたので、なかなか休みをくださいとは言いにくくて」

蒼介を日本に送り届けることができなかったのも、これ以上休めば仕事に支障が出るので止むを得ないことだった。

今回は十二日間の休暇を貰ったが、移動日などを差し引けば、日本にいられるのは一週間だという。

「パパは、テーデンやっつけるのにいそがしいもんね」

久しぶりの再会に大喜びした蒼介は、ずっとパパの膝の上だ。

それを見る克彦パパが少し寂しそうで、悠希は水島から見えないよう、テーブルの下でそっと克彦の膝に手を置く。

その意図に気付いた克彦は気まずげに、けれどうれしさもにじむ苦笑いを悠希に向けた。

側にいるだけで役立てる、そんな小さなことが、とても嬉しい。

「日本でのご予定はどうなっているんです？」

「まずは、郷里の秋田へ行ってきます。僕の父親にも、蒼介を会わせてやりたいので」

水島の母親はすでに他界し、父親は脳梗塞の後遺症で身体が不自由になり、介護の充実した施設で暮らしている。だから蒼介を預かって貰うことはできなかったそうだ。

「パパのパパは、蒼ちゃんのおじーちゃん？」

「そうだよ。蒼介と会えるのを、とっても楽しみにしてるって。新幹線に乗っていくんだよ」

日本滞在の一週間、蒼介は水島と過ごすことになっていた。

一日くらいここに泊まっていけばいいと勧めたのだが、日本に帰ったら連れて行くと蒼介に約束していた場所へ、できる限り連れて行ってやりたいのでと辞退された。

久しぶりに親子水入らずで過ごしたいからというが、克彦と悠希を二人きりにしようという心遣いでもあったのだろう。

「それじゃあ蒼介。悠希さんと克彦くんに、いってきますして」

出かける準備をすませた蒼介と水島を、悠希と克彦はマンションのエントランスまで見送りに出た。

寂しくなるが、ほんの少しの別れと笑顔で見送る。

「蒼ちゃん、気をつけていってらっしゃい」

「うん！　蒼ちゃん、いってきます！　それでね、あのね、悠ちゃんにおねがいしてもいい？」

「はい。何ですか？」

やけに深刻な顔で見つめてくる蒼介に、悠希もかしこまって訊ねる。

「ママのおみず、蒼ちゃんのかわりにママに、はい、ってしてくれる？」

「もちろん！　ちゃんと忘れずにしておくから、心配しないで」

日課にしている祭壇への水のお供えを頼まれ、蒼介がちゃんとママのことを想っていると分かり、悠希は胸が熱くなった。

よかったと安心する蒼介の笑顔は、朝の光のように爽やかにまぶしくて、大人達はみんな目を細めて見つめた。

水島は、悠希と克彦に深々と頭を下げてから、初めての新幹線での移動に大興奮する蒼介を連れて、秋田へと旅立った。

二人を見送り部屋へ戻った悠希と克彦は、リビングのソファに並んで座ったが、妙に部屋を広く感じた。

「行っちゃいましたね……蒼ちゃん」

「ああ。土産話が楽しみだ」

「秋田新幹線って、私はまだ乗ったことないですよ」

「俺もだ。蒼介に先を越されたな」

二人っきりになっても、話題は蒼介のことばかりなのに気づき、二人して笑い合う。

小さな蒼介の、存在感の大きさに驚かされた。

「まあ、蒼介が俺たちの縁を結んでくれたんだしな」

「そうですよね」

大きく息を吐き、先の見えない不安に俯いてばかりいた、出会った頃のことを思い出す。

駅前で奇妙な求人広告を見た日から、まだ半年も経っていないのに、ずいぶん昔のことみたいだ。

あのときは、まさかこんな展開が待っているとは思わなかった。

夢のような幸せを、夢じゃないと確信したくて、隣に座る克彦の肩に頭を預ける。

今まで、蒼介の目を気にして、こんな風に日中のリビングで克彦に甘えたことはない。少し意外そうに目を見開いた克彦だったが、その目はすぐに嬉しげな微笑みの形に変わる。

「悠希……」

悠希の肩を抱く手に力を込めて抱き寄せ、髪やおでこに優しく口づけてくる。

「ちょっ……克彦さん！」

首筋への優しいキスから、耳朶の甘噛みにまで愛撫が進むと、心地よさのその上の感覚が呼び覚まされてくる。

甘いうずきを、リビングなんて普段蒼介と過ごす場所で感じることに戸惑い、悠希は軽く克彦の胸を押して離れようとした。けれど克彦はますます強く抱きしめ、悠希を蕩《とろ》けさせようと甘いささやきを吹き込む。

「せっかく二人きりにして貰ったんだ。厚意に甘えさせて貰おう」

「駄目です！　……こんなところで」

「ここでは、駄目なんだ」

言いながら、自分でもここ意外でならいいと言っているようなものと思った。それを指摘され、にやつく克彦からわざとらしく視線を逸らす。

「どうして、駄目なんだ?」

「どうしてって！」

まだ昼間だしリビングだし、そんな気分にならない、と言いたかったが——。

「こっちは、いいって言ってるぞ？」

「やっ！　ん……」

期待に膨らむ股間のなだらかな山を手のひらでなぞられ、言い訳をなくす。

そのまま指で形をなぞられると、触れられた部分から熱が発生したみたいにじんわりと身体が熱くなってくる。

「窮屈がってるのに、かわいそうだろ？」

「でもっ、ソファとか……汚しちゃったら……」

「分かった。汚さないようにすればいいんだな？」

「そんなこと……」

「やってもみないで、できないなんて言わせないぞ」

「でも——んんっ」

克彦の強引さと、いつもと違う雰囲気の中で及ぶ行為に気持ちが昂ぶる。形ばかりの抵抗は、キスだけであっさりと封じ込められた。

「も……こんな格好……」

シャツはそのままに、悠希は下だけすべて脱がされた。その格好でソファの背もたれに片足をかけ、思いっきり足を開いた体勢をさせられる。

「いい眺めだよ……悠希」

もちろん、こんな格好したくてしたわけじゃない。散々抵抗したけれど、言葉と手と唇と、すべてを駆使した克彦の愛撫で押さえ込まれてのこと。

今も悠希が足を閉じないよう、克彦が足首をつかんでいる。だけど力強い手より、そのうっとりとした眼差しと声が、悠希から逆らう気力を奪い取っていた。

隠しようもなく視線にさらされて恥ずかしいのに、股間のものは堂々と屹立している。

この先の行為を期待し、耐えきれずに漏れた滴を、克彦の舌先ですくい取られた。

「や！　克彦さん！　それ、やめてって言ってるのに！」

口での愛撫はもう何度もされたけれど、やはりそこから出るものを舐められたりするのは抵抗がある。

なのに克彦は、溶けかけのアイスをしゃぶるように、丹念にひとしずくも逃さず舐めとっていく。さらに大きく全体を口に含み、舌を押し当ててむしゃぶりつく。

このまま食べられてしまいそう、と思うと恐怖より興奮に身体が震える。

身震いにあわせて、克彦の口内で震える先端に軽い電流が流れたみたいな、今まで感じたことがない悦楽を持った痺《しび》れに背中をしならせた。

「や、んっ！　もう……ホントに、だめぇ！」

克彦の肩を押して引きはがそうとすると、ようやく克彦は銜えるのをやめて顔を上げた。

それでも、指先でねちねちと敏感な先端をいじるのはやめない。

「んんっ、ね……克彦さん……それ、いやっ……」

「悠希、大人しくして。……俺が飲みたいんだ。悠希の全部が欲しいから」

「……ん……」

ずるいと思うけれど、そんなことを言われては抵抗できない。覚悟を決めて克彦のくれる愛撫に身を任す。

克彦は、滑《ぬめ》りにてかる先端部をゆっくり唇で挟み、欲望を呼び出すように舌先で鈴口をノックする。それから、脈打っているのが分かるほど滾った茎まで、一気に口内に飲み込まれた。

「あっん！　あっ、あ……あんっ！」

そのまま舌を全体に押し当て、上下に激しく扱かれると、腰の奥の方に芽生えたうずきが身体全体に広がり、さざ波に揺れるように身体が震える。

「かっ、克彦さん！」

揺れる克彦の髪を、つい摑んでしまう。痛くしちゃいけないと頭の片隅で思うのだけれど、指が強ばって放せない。

「あっ、や！　も、もう……だめぇ……でちゃ、う……」

「っ……ゆう、き……出せ」

快楽に翻弄されて震える悠希の名を、愛しむように優しく呼ぶと、克彦は初々しさの残るピンク色の先端の部分を強く吸い上げた。

「あっ克彦、さ……ん！」

一瞬の強張りの後、身体の中心に何度も脈動を感じる。それに合わせて身体が何度も小さく跳ね上がった。

どうしよう、どうなったんだろうと首をもたげれば、克彦ののど仏が大きく上下するのが見えた。

——本当に飲んじゃった。

「悠希……」

甘い声で名前を呼ばれても、どんな顔をすればいいのか分からない。恥ずかしさに火を噴く勢いで熱くなった顔を、クッションに埋めて克彦の視線から逃げる。

「悠希……おまえは本当に、可愛すぎるよ！」

「わあっ！　か、克彦さん？」

「さすがに、これ以上は汚さずにするのは無理だし、体勢的にもきついだろ？」

「だ、だから、最初っからここじゃ駄目って！」

克彦に抱き上げられ、寝室に連れて行って貰えるという安堵感より、だったら最初から寝室でよかったでしょ、というまっとうな抗議の方が先に立つ。

「蒼介がいないときしかこんな場所ではできないから、してみたかったんだ」

「してみたかったんだ、って……何を子供みたいなこと言ってるんです」

「悠希の独り占めも、してみたかった」

「……克彦さん……それは、私も……」

克彦だけのもの——悠希もそうなりたくて、早くベッドへ連れて行ってと克彦の肩にしがみついた。

克彦は悠希をベッドに横たえるなりシャツを脱がし、ベッドサイトの棚からローションを取り出す。

余裕のなさが、おかしくって嬉しい。

移動したのは、どうもあそこにはローションがなかったからというのも理由だったようだ。

自分の身体を気遣ってくれてのことだと気付いて、喜びに胸が震える。

「克彦さん……大好きです」

「ああ。悠希、俺も好きだよ。愛してる」

愛しさのままに自分に覆い被さってくる克彦を抱き寄せると、克彦は悠希の胸に頬ずりして一番敏感な部分に吸い付いてくる。

「やっん！」

小さな突起を軽く唇で挟まれただけで、甘えた声を漏らしてしまう。

初めの頃は、愛撫されてもむずむずくすぐったいばかりだったのに、今では快楽のスイッチみたいに、触れられただけで身体の中心がうずくほどになった。

こんなちっぽけな突起だけしかない胸では、これまでずっと女性を相手にしてきた克彦には物足りないのではと不安だったが、克彦は実に幸せそうな顔で舐めて吸い付き、丹念に愛してくれる。

それが嬉しくて、悠希は不安を捨てて克彦の愛撫に素直に身を任せる。

「やっん！　やっ、そこ、は駄目ったらぁ！」

克彦の唇は、そのまま胸から腹、脇腹にも至るが、脇は今でもくすぐったいので、キスされたり撫でられたりすると身をよじって逃げてしまう。

「相変わらずだな」

「くすぐったいものは、くすぐったいんですっ！」

克彦から呆れたみたいに鼻で笑われ、むくれた悠希は克彦に背を向けて枕を抱える。自分だって大げさに声が出てしまうのは恥ずかしいのだけれど、制御できないのだ。

「相変わらず、可愛いよ」

後ろから耳元へ低音の美声でささやかれると、そこから背筋までぞわりとしびれが走る。

それを追うように、克彦の指が悠希の背筋をなぞり、おしりの谷間まで到達する。

「あっ……克彦さん……」

身体を起こして向き合おうとすると、覆い被さってきた克彦に首筋を甘噛みで押さえ込まれ、そのままうつぶせにされる。

本能むき出しの獣じみた動作が、嘘も飾りもなく自分を求めてくれている証に思えて嬉しい。

ここからどうなるのか。分かっているのにどきどきする。

「ひゃっ、ん！」

腰の辺りにひやりと冷たい滑りを感じ、予想していたはずなのに声をあげてしまう。

「悠希……可愛い声だ」

克彦は甘いささやきを耳に吹き込み、指先でローションを谷間から奥底の窄まりまで塗り広げていく。

「あっ、あ……んぅっ」

そのまま固く閉じられた花弁を開くみたいに丹念に揉みほぐし、指先を潜り込ませてくる。浅い位置で入れては抜きを繰り返されると、悠希はそれに合わせて荒い息を漏らすしかできなくなる。

そのままただ克彦を感じていると、指はどんどん中に進入してくる。一本目が奥まで入ったら、次は二本で、とまた初めから浅くせわしない出し入れされて、もどかしさに身もだえてしまう。

「あっ、あ……克彦さんっ、も……もう……」

「もう？　……もう嫌か？」

「やんっ、ち、ちが……やめちゃ、いやっ」

「じゃあ、どうしてほしい？」

たっぷりローションを内側に塗り込まれ、刺激されるたびに期待が高まるのに、一番欲しいものは貰えない。

分かっているくせに、と振り向いて恨みがましい視線を送ると、すでに息が上がっている自分と違って、余裕のある克彦の態度が憎らしくなる。

「……克彦さんの、ペニス、入れて」

「悠希！」

はっきりきっぱり欲しいものを言ってやる！　と決意はしたが、「おちんちん」や「チンコ」では子供っぽいし、「性器」では硬い。思わず横文字に逃げてみたが、効果は十分だったようだ。

悠希の口から出たいやらしい単語に身震いするほど興奮した克彦は、指を引き抜くと、すでに硬く滾った先端を窄まりに押しつけてきた。

「あっ、く！」

欲しいと言ったものの、指よりずっと太くて硬いそれが、押し広げるように入ってくる感覚は、まだ慣れない悠希には受け入れるのに覚悟がいる。

どうしても緊張して、身体が強ばってしまう。

その力の入った肩に、克彦は優しくキスをして髪に頬ずりした。

そんな優しい仕草とは裏腹に、下半身には欲望に猛《たけ》ったものをすりつけてくる。

おしりの谷間にぐいぐいこすりつけられ、くすぐったさとそれ以上にわき上がる快楽に身もだえてしまう。

「あ、んう……か、克彦さ……ん」

「これが欲しいんだろ？　だったら、もっと力を抜いて」

言われるまま、肩の力を抜き、口を開けて息を吐く。

こうすれば楽だと、克彦が教えてくれたから。

「悠希……いいぞ。そのまま……」

くすぐったがりの悠希が逃げないよう、強く腰をつかまれ、一気に先端を押し込まれる。

「……っ、く……はぁ……」

一瞬の衝撃を乗り切ると、柔らかくほぐされて滑った悠希の内部は、ゆっくりと克彦の熱を飲み込んでいく。

まぶたを閉じれば、目の奥で火花が散るみたいな衝撃を感じる。

だけど、好きな人が自分の中にいる。そう感じられるこの瞬間に、幸福を感じずにいられない。

慎重に腰を進める克彦の動きに合わせるように、悠希もゆっくり息を吐く。

「もっ、と……」

「ああ……もっと、悠希の、中まで……」

奥まで入り込むと、克彦は悠希を深く味わうみたいに大きく腰をうねらせる。

内側から攪拌《かくはん》されて、心まで乱されていく。羞恥心を見失い、感じるままに悠希は腰を揺らす。

「あっあ……くっ……んぅ、か、克彦……さ……」

「おまえの中は、熱いな」

そんなことない。克彦のものの方がずっと熱い。――いや、どちらがどちらの熱だか分からない。それが一体感に思えて、身体が喜びに震える。

「ここも、こんなになって……悠希は本当に、どこもかしこも可愛いよ」

うつぶせで繋がったまま、脈打つ前を手の中に握りこまれ、反射的に後ろを締め付けてしまう。

それでよりいっそう中の克彦を感じてしまい、甘い声が上がる。

「あん！」

さっき克彦に抜いて貰ったばかりなのに、もう反り返るほど張り詰めてしまっているのを知られて、心の奥底から浮上してきた羞恥を感じ取り、耳まで熱くなった。

それに、そこを触られて「可愛い」と言われると、少なからず複雑な気分になる。けれど「愛しい」と同義の言葉だろう。

そう思えば嬉しい。

「だ、って……克彦さんが……可愛がるから、でしょ……」

「悠希。そうだな、可愛くて可愛くて、仕方がないよ」

「あっ、あ！　克彦さ、あっ、あっん！」

克彦に中に入れられたまま前を扱かれ、さらにゆっくりとだが腰を使われる。

抜け落ちるぎりぎりまで引き抜き、そこでもったいぶるように小刻みに前後され、もどかしさを感じる。

もっと奥まで、来て欲しい。

「やっ……だっ、あっん……んぅっ！」

「ここから……どうしてほしい？　ペニスはもう、入ってるぞ？」

「どう……って……」

「悠希のお願いなら、何でも聞いてやる」

「う、動いて……」

「どんな風に動いてほしい？」

「どんなっ、て……だ……出したり、入れたり、して。克彦さんの……熱くて硬いペニスで……中まで、いっぱい……めちゃくちゃにして」

恥ずかしいけれど、克彦が喜んでくれるなら、何でも言う。悠希は望みを素直に口にした。

「ああ……悠希！　おまえは顔もしゃべり方も、声も、全部が可愛いよ」

たがが外れたように激しく腰を使い始めた克彦に、悠希は背をしならせ、より深く受け入れられるようおしりを突き出す。

「もっと、もっ、と……いっぱい、入れて！　克彦さん！」

「悠希……悠希っ」

克彦の喜びが、自分の喜びになるのが嬉しい。

互いの境が分からなくなるくらい、深く繋がり合う。自分の全部が克彦のもので、克彦の全部が自分のもの。

「悠希……！」

「あっ、あ、克彦さ……んっ、気持ちいい！　いいっ」

最奥まで穿った克彦が胴震いすると、身体の奥深くで克彦の放った熱を感じる。

自分の中で果ててくれたことが嬉しくて、悠希も身震いして同じ熱を吐き出した。

朝食のトーストをコーヒーで流し込むように胃袋に納めた克彦は、髪を手櫛《てぐし》で整えながら玄関へ向かい、お見送りの悠希は鞄を持ってその後を追う。

「悠希と暮らしだしてから、こんなにばたばたした朝は初めてだな」

珍しく、今日は悠希が寝坊をしたのだ。でもそれは、悠希一人の責任ではない。

昨日は昼間に散々愛し合ったのに、夜になってベッドに入ったら、また克彦が挑んできたのだ。

新婚気分が盛り上がりすぎた克彦に翻弄され、悠希もつい応じてしまったが、最後の方はもう何が何だか分からないくらい乱されて、いつ眠ったか覚えていないほど疲れた。

「克彦さんが……夜更かしさせたせいでしょ！」

「おまえが可愛すぎるのが悪い」

意地悪くも魅力的な眼差しを向けられて思わず息を飲めば、そんな悠希の反応をおもしろがって、克彦はますます意地の悪いことを言ってくる。

「それに、昨日はずいぶん積極的におねだりしてきて――」

「か、克彦さんが言えって言ったくせに！」

「分かった、分かった！　俺が悪かった！」

にやつく克彦の背中を手にした鞄でべしべし殴打すると、まったく悪いと思っていないだろう笑顔で謝罪される。

――この笑顔に、弱いのだ。

渋々謝罪を受け入れた風で殴打の手を止めて鞄を渡すと、受け取った克彦は玄関の扉を開けて飛び出そうとする。その、上着の裾をつかんで引き留めた。

「待って！　忘れ物してますよ」

「え？　――ああ、そうだった」

そんなはずはないと鞄に目をやる克彦に、不満げに口を尖らせると『忘れ物』に気付いてくれたようだ。

「いってらっしゃ――んんっ！」

いつものように、背伸びして克彦の頬にキスしようとしたが、片手で抱き寄せられて頬ではなく唇にキスをされる。

「んっ！　……んーっ！　か、克彦さん！」

ついいつもの癖で、こんなところを蒼ちゃんに見られたら、と思って慌てて蒼介がどこにいるか姿を探してしまった。

それを見透かした克彦は、喉の奥でかすかに笑う。

「蒼介なら、いないぞ」

「蒼ちゃんがいなくても、駄目です！　変に習慣になっちゃったら、困るでしょ」

ほっぺにキスくらいなら、親愛の挨拶で通じるかもしれないが、唇となると恋人同士の睦《むつ》み合いだろう。蒼介にそこまで見せるのは好ましくないと思えた。

真面目に考えてたしなめたのに、克彦はちっとも真剣に取り合ってくれない。

「そんな、キスしてほしそうな顔をするのが悪い」

「もう！　すぐ人のせいにするんだから。早く行っちゃってください！」

「ああ。早く行って、早く帰るよ」

「本当ですか？」

「悠希……おまえはまったく……」

会社に行けなくなりそうだ、と再びキスしてこようとする克彦を玄関からたたき出し、悠希は朝食の片付けにキッチンへ戻った。

食器を片付け、掃除をし、買い物へ行く。それから——そこですることがなくなった。

蒼介がいればあっという間に時間が過ぎて、気がつけばもう克彦が帰ってくる時間になっているのに。時間の流れ方が変わってしまったみたいで、悠希は一人途方に暮れた。


平穏で穏やかな毎日。

二人っきりの新婚さん生活は楽しいけれど、四日目の木曜ともなれば、物足りなさが楽しさを上回ってきた。

蒼介は毎日のように電話をくれて、今日はおじいちゃんも車椅子で一緒に水族館に行ったとか、湖で船に乗った、なんてその日の出来事を報告してくれた。

だけど、本人がこの場にいない寂しさは、どうしようもない。

料理を作るときやお風呂に入るとき、折りにつけ蒼介を思い出してしまう。キッチンでお鍋を持って移動しようとしたとき駆け寄られたり、風呂場でタコさん水鉄砲で顔に水をかけられたりしない平穏な暮らしが、こんなに寂しいものだなんて。

それは克彦も同じらしく、膝枕で甘えてきたり所構わずキスしてきたりと二人きりを楽しみつつも、悠希がキッチンに立って一人になると、蒼介の絵本をめくっていたりする。

「穏やかすぎてつまらない――なんて、贅沢な悩みですよね」

今日は、書斎の書類を取りに来た誠司を、寂しさから引き留めてしまった。

時間はあるから大丈夫とお茶に付き合ってくれる誠司に、つい愚痴をこぼしてしまう。

「ずっと休みも取らずに蒼介様と克彦様のお世話をしてこられたんですから、つかの間の自由な時間を楽しんでください。そうだ、一度ご実家に帰られてはいかがです？」

「それじゃ、克彦さんが独りぼっちになっちゃうじゃないですか！」

そんなかわいそうなことはできない。息巻く悠希に、誠司は少し複雑な顔をした。

「克彦様を大切にしてくださるのはありがたいですが、元輝さんもお兄さんの様子を気にしておられますから、たまにはご実家にも顔を出してあげてください」

「え？　えっ！　どうして誠司さんがそんなことをご存じなんですか？」

「悠希さんにメッセージを送っても返信がたまにしかこないから、どうしているかと私の方に問い合わせてくるようになったんですよ」

戸惑う悠希に、誠司は元輝とメッセージアプリでやりとりをしている、とこともなげに言う。何かあったら連絡するように、と名刺を渡してくれていたそうだ。

しかし兄の仕事の関係者を、お友達扱いするとは何事だ。悠希は弟の能天気っぷりにあきれつつ、テーブルに頭をこすりつける勢いで誠司に詫びた。

「ほんっとに、申し訳ないです！　あの馬鹿は何を考えてるんだか！」

「お詫びされるようなことではないです。それに、元輝くんもお兄さんを心配してのことですから、叱らないであげてくださいね」

誠司の優しい物言いに、なおさらに申し訳なさが募る。だがこれ以上謝れば、返って困らせてしまうだろうと、悠希は顔を上げた。

確かに、何ヵ月も家に帰らず、連絡もほとんどしないのでは心配されて当然だ。これからはもう少し実家とも連絡を取ろうと反省した。

「あの馬鹿は、他にもご迷惑をかけてはいませんか？」

「楽しんでやっていることですから、お気遣いなく。今度の土曜日には競技会があるそうですので、見に行かせていただく予定です」

「そんな！　そこまでしていただくわけには！」

「私は元々、趣味がスポーツ観戦ですし、悠希さんに克彦様の相手をしていただいている分、私が元輝くんのお相手をしているようなものですから」

誠司の意外な趣味に驚いたが、野球やサッカーの観戦で大声を出して応援するのはいいストレス発散になるという。

「元輝くんは克彦様と違って可愛げがあって一緒にいて楽しいですから、役得です」

「克彦さんも、結構可愛いところがありますよ！」

思わずムキになって反論すると、誠司はおもしろそうに片眉を上げた。

「へえ……そうですか？」

「や、あの……可愛いって言い方はいけませんよね。でも……」

「克彦様のことを、よろしくお願いしますね」

——誠司はたぶん、きっと、絶対に、悠希と克彦との関係の変化に気付いている。

それでも、言及しないでいてくれる。男同士なんて世間的には認められない間柄だけれど、理解者がいてくれると心強い。

いずれは元輝や両親にも、克彦との関係を打ち明けなければならないだろう。その時を思うと今から気が重いが、何とかなると希望がもてた。

「悠希。時計の針は眺めてたって早くは動かないぞ」

「分かってます」

克彦にからかわれても、目は時計に釘付けのまま。

今日は待ちに待った、蒼介が帰ってくる日曜日なのだ。

夕飯も食べて十九時過ぎに帰ると水島から連絡があったので、こちらもいつもより早い十八時に夕食をすませた。

それからずっと落ち着かず、リビングと玄関を行ったり来たりして、ついにはうっとうしがった克彦にとっ捕まり、膝の上に強制的に座らされた。

「もう七時ですよ……電車が遅れてるのかな……事故とかじゃないといいんだけど……」

「七時過ぎ、なんだからまだ心配するのは早い。三十分を過ぎても帰ってこなければ、電話してみよう」

後ろから抱きしめてくれている克彦にもたれかかれば、よしよしと頭を撫でて落ち着くよう促される。

こんな風にリビングで甘えられるのも、後数分。だったら、その時間を楽しもう。

「克彦さん……」

「ん？　……悠希……」

克彦の首筋に腕を回して顔を上げると、一瞬何事かといぶかしんだ克彦も、意図を察して悠希の唇に唇を寄せる——。

「帰ってきた！」

そのとたんに鳴り響くチャイムの音に、悠希は克彦を押しのけて立ち上がった。

壁のインターフォンに飛びつき、来客の到着を告げるコンシェルジュに礼を言って、通してくれるよう頼んだ。

「蒼ちゃん、帰ってきましたよ！」

「……そのようだな」

ソファに沈み込み、何故かむくれた表情の克彦を残し、悠希は水島と蒼介を出迎えるべく玄関へ走った。

「悠ちゃん！」

「おっと、危ない！」

扉を開けるなり玄関へ飛び込んできた蒼介を、悠希は両手を広げて受け止めた。

抱き上げると、離れていたのはたった一週間なのに、ずいぶん重くなった気がする。

お土産で手がふさがっていて蒼介を制止しそびれた水島が、やんちゃですみませんと謝ってくるが、こんなに勢いよくぶつかってくるほど会いたがってくれていたなんて嬉しい。

気にしないでと笑顔を向けた。

「蒼介！　ちゃんと、ただいまってしなさい」

「はーい！　悠ちゃん！　蒼ちゃん、ただいまだよー！」

「お帰り、蒼ちゃん」

「かちゅひこパパも！　おかえりー」

「ああ……お帰り、蒼介」

克彦にはいつも自分が「おかえり」と言っているせいか、おかしなことになっていたが、それでも克彦は笑顔で蒼介の頭を撫でた。

みんなでリビングに移動し、悠希がキッチンでお茶を用意している間、蒼介は克彦の膝の上でしゃべり続けていた。

「それでね、しんかんせんで、リンゴのアイスたべた！」

「リンゴのアイス？　美味しそうだな。お土産に買ってきてくれたか？」

「アイスはとけちゃうから、かってきてない」

「あ、お土産はリンゴパイと稲庭うどんです」

水島からお土産を手渡され、催促したみたいになった克彦は、恐縮しながら受け取る。

和やかな光景に、自然に口元が緩む。

「お茶が入りましたから、早速パイをいただきましょうか」

テーブルにカップを並べると、三人掛けのソファの真ん中に座っていた克彦は、ごく自然に横に詰め、悠希の座るスペースを空けてくれる。

団らんの中に自分の居場所がある幸せに、鼻の奥がつんと痛くなったが、この場に涙は似合わない。笑顔を浮かべて乗り切った。

「親子二人旅は初めてなんですよね？　いかがでしたか？」

「とても楽しかったですよ。蒼介に本当によくしてくださってるんですね。蒼介はずっとお二人のことを話してばかりでした」

「そんなこと……」

ないとはとても言えない。

リンゴパイの皮をぽろぽろこぼしながらも美味しそうに頬張る蒼介と、その服の上にこぼれた皮をどうしようかとおたおたしながら世話をしている克彦を見て、水島と悠希は肩をふるわせて笑った。

「加奈子も、喜んでいると思います」

水島の言葉に、悠希はリビングの片隅の加奈子の写真を振り返る。

――この光景を、きっと喜んでくれている。

今の幸せを、加奈子のためにもみんなのためにも、守りたいと強く思う。

「蒼介。ちょっとこっちへおいで」

パイを食べ終わり、掃除道具のコロコロクリーナーで服の上の食べこぼしを掃除された蒼介は、水島に呼ばれてその膝の上に移動した。

穏やかながらも何やら緊張を感じる水島の態度に、向かい合って座っていた克彦と悠希も何となく居住まいを正す。

「お二人に、相談といいますか、お願いしたいことがありまして」

克彦と悠希は改まって何事かと視線を交わしたが、蒼介は何の話か分かっているようで、じっと水島の顔を見つめている。

「僕は二年以内に日本に帰ってくる予定でしたが、もう少し長く、今の仕事が軌道に乗るまで、最低でも後五年は向こうにとどまりたいと考えているんです」

「それじゃあ……蒼ちゃんは……？」

「その間、蒼介をこのままお二人に預かっていただけないかと」

突然のお願いに驚いたが、そうなったらそれだけ長く蒼介と一緒にいられて、悠希としては嬉しい限りだ。克彦の表情もかすかに頬が緩んで見える。

二人とも蒼介が大好きだから、長く一緒にいられればいられるほど嬉しい。

けれど、肝心の蒼介はどう思っているのか。

水島の胸にもたれかかり、水島の髪を指で弄《もてあそ》んでいる。どう見てもすねたその仕草と表情に、蒼介は納得していないと思えた。

「安定した電力を供給して、暗闇に希望の明かりをともしたい――それが、加奈子の夢でもありましたから」

「……ママのゆめなら、かなえてほしい」

すでに二人で話し合っていたのだろう。蒼介は寂しさを堪えるように唇を噛みしめて、父親の決意を後押しする。

ほんの数日離れていただけなのに、ずいぶんしっかりした顔をするようになったと驚く。一番寂しくて辛いはずの蒼介が納得してくれているなら、悠希に異存はなかった。克彦はと見れば、軽く頷いて応える。

「俺たちでよければ」

「精一杯、お世話をさせていただきます」

「蒼ちゃん、またここでいっしょにくらしていいの？」

克彦と悠希の答えを聞いて、蒼介はぱっと表情を輝かせる。

パパと同じくらい自分たちを好いてくれている。そう思えて嬉しかった。

「もちろんだよ」

「これからもよろしくね、蒼ちゃん」

悠希は駆け寄ってきた蒼介を抱き上げ、久しぶりの重みを楽しむように左右に揺らすと、蒼介は声を立てて笑う。

「パパもおしごとおわったら、ここでいっしょだよね？」

「そういうわけにはいかないよ」

楽しげな蒼介に、水島は申し訳なさそうに苦笑する。悠希も小さく俯くしかなかった。

だが克彦だけは、蒼介に向かって自信ありげに微笑んだ。

「ここでは少し狭すぎる。その時は、もっと大きなお家に引っ越そう」

「おおきなおうち？　おにわがあるの？」

「お庭はちょっと難しいかな？　だけど、みんなが一緒に暮らせるくらいには、大きなお家にしよう」

「ヤッター！」

「蒼ちゃん！　危ないよ」

悠希は、大きなお家にすっかり興奮して手を振り上げる蒼介をなだめる。水島は克彦の方をなだめにかかる。

「克彦くん？　子供相手にそんなことを言ったら、本気にしちゃいますよ」

「本気では、いけませんか？」

「克彦さん……」

「悠希も。駄目か？」

確認されなくても、駄目なんてことは絶対にない。そうなったらどんなに嬉しいか。

しかし水島にだって事情はある。仕事やプライベートで何が起こるか分からないし——再婚したい相手ができるかもしれない。

その時はどうするのか。少し考えただけでも問題は山積しているように思える。

とにかく今は、まだ先のことだろうから、と水島は話を収めた。

「でも、そんな風に言っていただけて嬉しいです。……実はもう一つ、悠希さんに考えていただきたいお願いがあるんです」

水島は、克彦ではなく悠希と向き合い、口を開く。

「悠希さん。僕の養子になって、蒼介の兄になって貰えませんか？」

「私が……養子に？」

「蒼介に何かあっても、私はすぐに駆けつけてやることができない。近くにいる身内が克彦くんだけでは、負担が大きいでしょう。悠希さんみたいな兄がいてくれれば心強いのに、と思ったんです」

ここまで蒼介や自分のことを考えてくれているあなたに、ぜひお願いしたいと頭を下げられる。

「蒼ちゃんと兄弟になるということは――」

「克彦くんとは、叔父と甥という続柄になります」

考えたこともなかった突然の提案に驚いた。しかし身内になれば、克彦と一緒に暮らしていても不自然ではない。

水島は、その辺りの事情も考慮してくれているようだった。

「おにいちゃん？　悠ちゃんがおにいちゃんになってくれるの？」

「そうか……悠希が蒼介と兄弟に、か」

この話は初耳だったらしい蒼介は手放しで大喜びし、克彦も悪くないというように言葉を嚙みしめる。

「ちょっ、ちょっと待ってください！　そんなこと、いきなり言われても……」

「もちろん、悠希さんや悠希さんのご家族の気持ちが最優先だし、返事は急ぎませんが、考えて貰えないでしょうか？」

「でも……わざわざ戸籍までいじらなくても、一緒にいられるだけで、嬉しいです」

水島から、身内扱いして貰えるだけでありがたい。そう思ったが、克彦は真剣に考え込む。

「縁起の悪い話だが、蒼介か俺が病気や怪我で入院するとなった場合など、万が一の事態を考えれば、戸籍がつながっているほうが安心だ」

「それは、そうですね……」

克彦は蒼介の叔父だが、悠希は世間的には『ベビーシッター』という立場。『身内』と『身内同然』には、越えられない壁がある。身内以外は面会謝絶というような状況になった場合、悠希は病室に入れて貰えない。

あって欲しくはないが、ずっと一緒に暮らしていけば、そんな事態も起こりうるだろう。

――ずっと一緒にいる。それがとても自然なことに思えるのが嬉しい。

「家族とも話し合って……お返事はそれからということで、いいですか？」

「もちろんです！　もし養子に来ていただくのは無理でも、僕個人としては、あなたのことはもう克彦くんの生涯のパートナーで、身内と思っていますから」

「ありがとうございます」

穏やかな笑顔で言う水島の言葉に、克彦と悠希、タイミングを合わせたように二人同時に頭を下げた。


今夜の飛行機に搭乗するため水島が帰ってしまっても、嬉しい話を一杯聞いた蒼介は、寂しがりつつもご機嫌なままだった。

「悠ちゃんおにいちゃんと、パパと、かちゅひこパパと、蒼ちゃん。みーんなでいっしょにくらすの、たのしみだね」

もうすでに『悠ちゃん』から『悠ちゃんお兄ちゃん』になっている。ずいぶんと気が早いと苦笑いしたが、そうなる日は遠くないだろうと思った。

「うん。そうなったら素敵だね」

「じゃあ、せーじさんと、元輝にいちゃんもいい？」

「おいおい。うちは何人家族になるんだ」

「蒼ちゃんってば、欲張りなんだから」

克彦と悠希は、顔を見合わせて笑ってしまう。

そんな二人を見て、蒼介もつられて笑う。

みんなが笑顔で暮らせれば、それが何より。

先のことなど分からないけれど、きっと幸せが待っていると信じて歩いて行きたい。

未来を照らす希望のように明るい笑顔の蒼介を抱きしめると、その上から克彦に抱きしめられる。

「——どれだけ家族が増えても、悠希は俺だけのものだぞ」

蒼介に聞かれないよう耳元でささやく、蒼介より大人げのない克彦の言葉が、とても嬉しい。

「克彦さんも、私だけのものですからね」

負けじと言い返せば、克彦は悠希の大好きな笑顔を惜しげもなく見せてくれた。

花婿男子～はじめての嫁取り～

大きなデスクと作り付けの棚があるだけのシンプルな書斎で、克彦《かつひこ》は夕飯後に持ち帰った仕事をしていたが、肩のこりを感じ、腕を伸ばして軽くストレッチをする。

住み始めた当初は殺風景な部屋だったが、ここで仕事をすることが多いせいで、棚をもう一本増やそうかと思うほど仕事の書類や資料が増えてきた。

パソコンと小さなチェストしかなかった卓上には、自分と悠希《ゆうき》と蒼介《そうすけ》が写った結婚写真が、ガラスの写真立てに入れて飾ってある。

幸せな家族写真を目にすれば、仕事の疲れも吹き飛ぶ――と言いたいところだが、今日は会社でもパソコンを見続けていたせいか、肩から頭にかけてずんと重い程に疲労を感じる。

――こんなときには、これだろう。

克彦はデスクの引き出しから、とっておきの疲労回復剤を取り出す。

「ああ……癒されるな」

エンボス加工を施されたご大層な表紙をめくると、アルバムの中から天使が微笑《ほほえ》みかけてくる。

克彦の心を解《ほぐ》すのは、悠希と初めて会った日に撮った結婚写真。

三人で撮った写真を収めたアルバムは居間に置いてあるが、この存在は悠希も知らない。

克彦の秘密の宝物だ。

最近撮った方もいいが、この頃の悠希のまだ硬い笑顔も可愛らしい。

ウェディングドレスに身を包み、キスもしたことがない初心《うぶ》な悠希が、戸惑いに潤む瞳で見上げてきた時のことは、今思い出してもため息が出る。

それほど感動的な愛らしさだった。

蒼介のためと思って始めた『花嫁募集』だったが、克彦だって本当は男の嫁など欲しくはなかった。応募者には、女性と見まがうほどの見た目のいい男もいたが、声が低かったり態度ががさつだったり、誰も彼もピンと来ない。

やはり無茶な募集だったかと諦《あきら》めかけた頃に、誠司《せいじ》が連れてきた悠希の可愛さは克彦の好みど真ん中で、よく分からない事態に狼狽《うろた》えつつも一所懸命な姿に、すっかり心を奪われた。

誠司の策略にはまるのは癪《しゃく》だったが、嫁にするならこんな子がいい、と願った妄想がそのまま形になったような悠希を逃がしたくなくて、時間がないことにかこつけて『花嫁』に採用した。

メイクを施せば、これが男とは世の中どうなっているんだと驚くほどの可愛さになり、恐慌状態に陥った。するべきことをするだけで精一杯で無愛想になる克彦に、悠希は必死で付いてきた。

そんな困った顔も堪《たま》らなく可愛くて、ついいじめてしまった自分の精神年齢は蒼介以下だったろう。

「でもまあ、可愛すぎる悠希が悪いな――っ」

「克彦さん。コーヒーをお持ちしました」

噂をすれば影、とばかりに悠希に書斎の扉をノックされ、克彦は思いっきりびくついてしまった。慌ててアルバムを引き出しにしまい、すました顔で仕事中の振りをして悠希を迎え入れる。

「ありがとう。蒼介はもう寝たのか？」

「はい。蒼ちゃんがもう寝てしまいそうだったので、先にお風呂に入らせていただきました」

もう女装ばれを心配しなくてよくなった悠希は、蒼介と一緒に風呂に入るようになった。

コーヒーをデスクに置く悠希はパジャマ姿で、まだ少し水気を含む髪がなんとも色っぽい。

手をつかんで膝《ひざ》の上に座らせ、コーヒーの香りよりずっと意識を覚醒させる、洗い立ての悠希の髪の香りを堪能する。

「あのっ……克彦さん、お仕事は？」

「ちょっと休憩だ」

悠希を抱きしめると、本当にほっとする。悠希も甘えるようにすり寄ってくれて、こんなとき結婚してよかったと思える。

だが今のところ、悠希の立場は世間的には『ベビーシッター』のまま。

悠希を水島《みずしま》の養子にという話は、元輝《げんき》が高校を卒業するまでは動揺を与えたくないと、まだ悠希の家族にしていない。

しかし悠希はもう実質、克彦の伴侶。

使用人然とした硬い言葉遣いは、他人行儀だからやめてほしい。悠希は元から言葉遣いは悪くなかったようだが、それでも弟に対してと自分たち相手とではやはり違う。打ち解けてくれていないみたいで不満だったが、「蒼介の教育上、きちんとした言葉遣いでいたいから」と言われては仕方がなかった。

蒼介のためになることを最優先にしてくれるのは嬉しいけれど、悠希はもう少し自分の幸せについて考えるべきだろう。

「悠希……そろそろ大学に復学する気はないか?」

この九月から、蒼介は幼稚園に通うことになった。

怖がらずに外へ出られるようになった蒼介だが、公園などで会う同年代の子供と遊ぶのはぎこちなく逃げ腰で、友達と言えるほど親しい子はまだできていない。

小学校へ上がる前に、子供同士の付き合い方を学ばせた方がいいだろう、と水島も交えて相談した。

蒼介本人も、友達は欲しいがどうすればいいのか分からないでいたらしく、「お友達を作るためにがんばってみようか」という悠希の言葉に、幼稚園へ行く気になってくれた。

蒼介の世界は、これからどんどん広がっていく。それに伴い、悠希の自由になる時間も増える。

学費なら克彦が負担するから心配せず復学するよう勧めたが、悠希は俯《うつむ》いて考え込む。

「そのことですが……今、ちょっと気持ちが揺れているんです」

肩越しに振り返る悠希の物憂げな眼差《まなざ》しに、話してみるよう手を握って促す。

「蒼ちゃんを育てながら、克彦さんのお仕事の手伝いができたら……なんて思ってしまって」

「悠希……それはありがたいが、それじゃあおまえの夢はどうなるんだ」

「だって、もし私が復学して教師になれたとして、その後のことを考えると不安なんです。克彦さんが京都の本社に転勤になったら、ついて行きたいけど、担任になっていたら受け持ちの生徒を放ってはいけないし、行くとしても現地の採用試験を受け直すことになるから大変だし……」

何もかもが中途半端になりそうで怖い、と悩みを打ち明ける悠希は、ずっとこのことを考えていたのだろう。

克彦は、伴侶として愛する人を支えるのは当然だと思っていたが、それは悠希も同じだったようだ。一緒に生きていくために必要なことを、自分よりずっと具体的に考えていた悠希に頭が下がる思いがした。

「夢を追うのもいいけど、蒼ちゃんの成長を側《そば》で見守って……それで、克彦さんの側にもずっといられれば、すごく幸せなんじゃないか……って」

夢見るような眼差しで、夢より自分と蒼介を選んでくれる。できた妻に、感謝と愛しさがわき上がる。

悠希と二人で蒼介と手をつなぎ、同じ方向へ歩いて行きたい。

「悠希――おまえが俺と蒼介といることを選んでくれるなら、俺は全力でもっともっと、おまえを幸せにする」

「それは困ります」

「何故《なぜ》！」

眉間にしわを寄せる悠希に、ムキになって摑《つか》みかかれば、悠希はふんわりと悪戯《いたずら》な微笑《ほほえ》みを浮かべる。

「これ以上幸せとか、想像が付きません」

「想像が付かないか。じゃあ、実感させてやる」

もう十分に幸せですと胸にもたれかかってくる悠希を抱きしめ、克彦はその可愛い頬に口づけた。

あとがき

初めまして。もしくはルチル文庫さんでは三度目のこんにちは。大好き要素をぎゅぎゅっと詰め込んだ話が書けて、有頂天な金坂です。

今回、担当さんから「花嫁物で、俺様攻めにちびっ子付きでどうでしょう？」と提案され、そんな贅沢素材をふんだんに使っちゃっていいんですか？　と狂喜乱舞。

さらに陵クミコ先生に挿絵を描いていただけると聞き、どれだけ受けとちびっ子を可愛く、攻めを格好良く書いても無問題！　ってことで、アクセル全開。

ＢＬのＢはブライダルのＢだ！　とばかりに、二回も悠希にウェディングドレスを着させる有様。

今年の猛暑で、担当さんまでヒートアップしたのか「攻めには秘書、受けには妹じゃなく弟（当初は妹でした）がいることにしましょう！」なんて提案してくださったものだから、主要キャラ全員イケメン化が邁進され、もはや金坂の暴走はとどまるところを知らず。

男祭りだ、わっしょーい！　な勢いで書きました。

あまりのノリに、さすがに途中で担当さんが引いちゃってましたが、止めずに生温かく見守ってくださって、大変ありがたかったです。

陵先生のイラストも、ありがたやと拝みたいくらいに素晴らしくて感激でした！　女装なのに男の子っぽさが残る絶妙な可憐さの悠希と、ほっぺのプニ具合が堪らなく可愛い蒼介に、どや顔の克彦の俺様っぷりは悶絶物でした。誠司と元輝も格好良くって、もっと彼らの出番を増やしたかったーっ、と地団駄踏んでしまいました。

陵先生、花嫁物に欠かせない華やぎあふれる素敵なイラストを描いていただけて、とても嬉しかったです。ありがとうございました！

毎度のことですが、今回は特に担当さんに助けていただきました。夜遅くから休日まで対応をしていただき、家庭菜園のキュウリが枯れた、なんて愚痴にまで付き合ってくださって、どれだけ支えられたことか分かりません。

本当にありがとうございました。

ここまでお付き合いくださった皆様も、ありがとうございました！

花嫁物ということで、どいつもこいつも幸せになれ！　と思いながら書いた今作。

読んでくださった方にも、多少なりとも幸せな気分を感じていただけたなら幸いです。

二〇一五年　八月　秋茄子の花咲く頃　金坂理衣子

✦初出　花嫁男子～はじめての子育て～……………書き下ろし
花婿男子～はじめての嫁取り～……………書き下ろし

金坂理衣子先生、陵クミコ先生へのお便り、本作品に関するご意見、ご感想などは
〒151-0051 東京都渋谷区千駄ヶ谷 4-9-7
幻冬舎コミックス　ルチル文庫「花嫁男子～はじめての子育て～」係まで。

幻冬舎ルチル文庫

花嫁男子～はじめての子育て～

2015年9月20日　第1刷発行

✦著者	金坂理衣子　かねさか りいこ
✦発行人	石原正康
✦発行元	株式会社 幻冬舎コミックス 〒151-0051 東京都渋谷区千駄ヶ谷 4-9-7 電話 03(5411)6431［編集］
✦発売元	株式会社 幻冬舎 〒151-0051 東京都渋谷区千駄ヶ谷 4-9-7 電話 03(5411)6222［営業］ 振替 00120-8-767643
✦印刷・製本所	中央精版印刷株式会社

✦検印廃止

ISBN978-4-344-83537-5　C0193　Printed in Japan